NAGAO TAKAO
著 長尾隆生

KONOIKE
画 このいけ

エレーナ
拓海の家の
周りの森で迷子に
なっていた女の子。
どことなく気品がある。
拓海（たくみ）
本作の主人公。
田舎暮らしに憧れる、
元・社畜社員。
困っている人は
放っておけない性格。
ウリドラ
拓海が保護した
ウリ坊（?）。
やたらと謎が多い
不思議生物。

トルタス
拓海と偶然出会う行商人。
拓海たちの世話を
焼いてくれる。
エリネス
エレーナの母親。
魔法も料理も研究も、
なんでもできる
スーパーウーマン。
登場人物
CHARACTERS

田中家の間取り大公開!

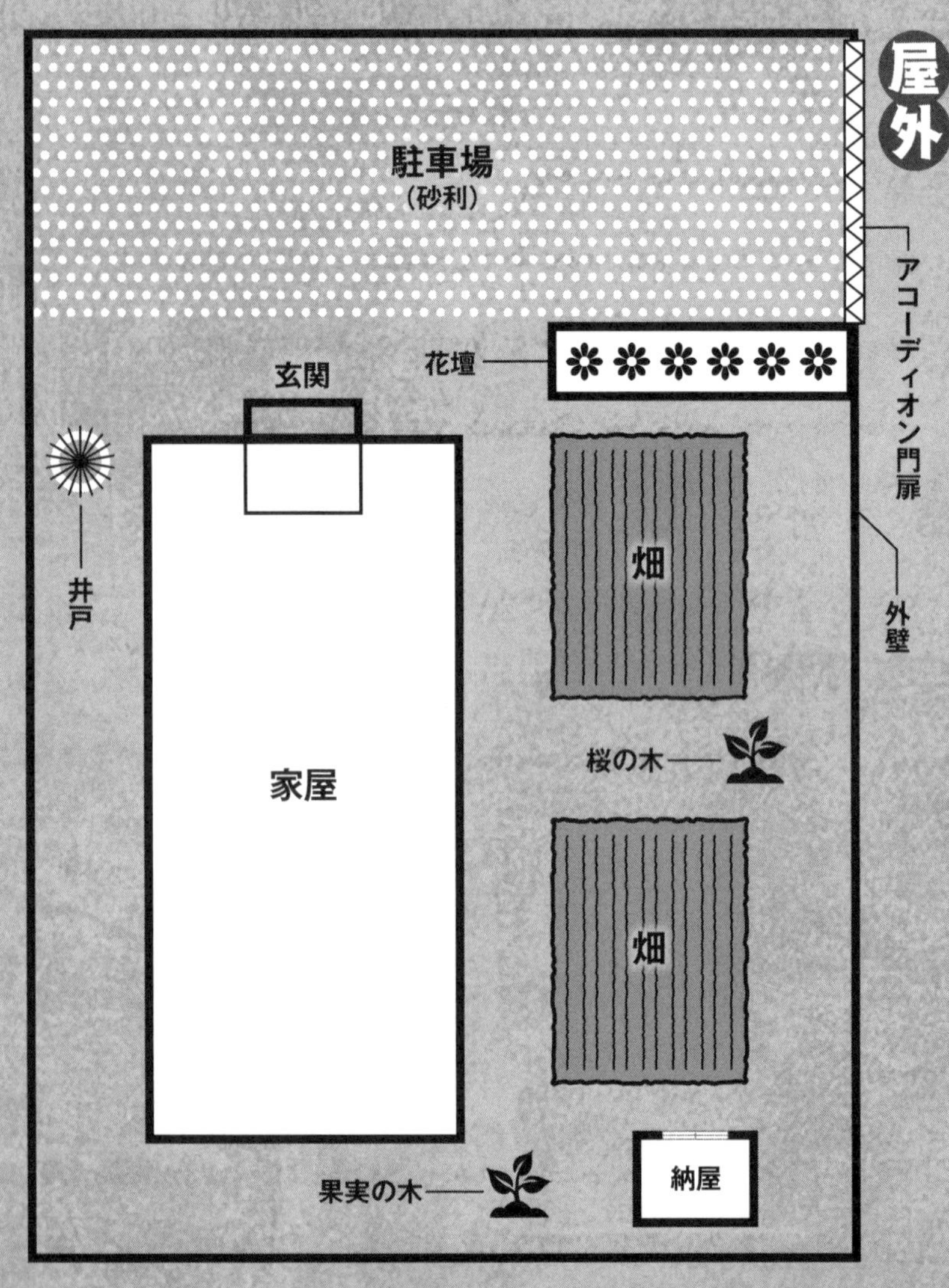

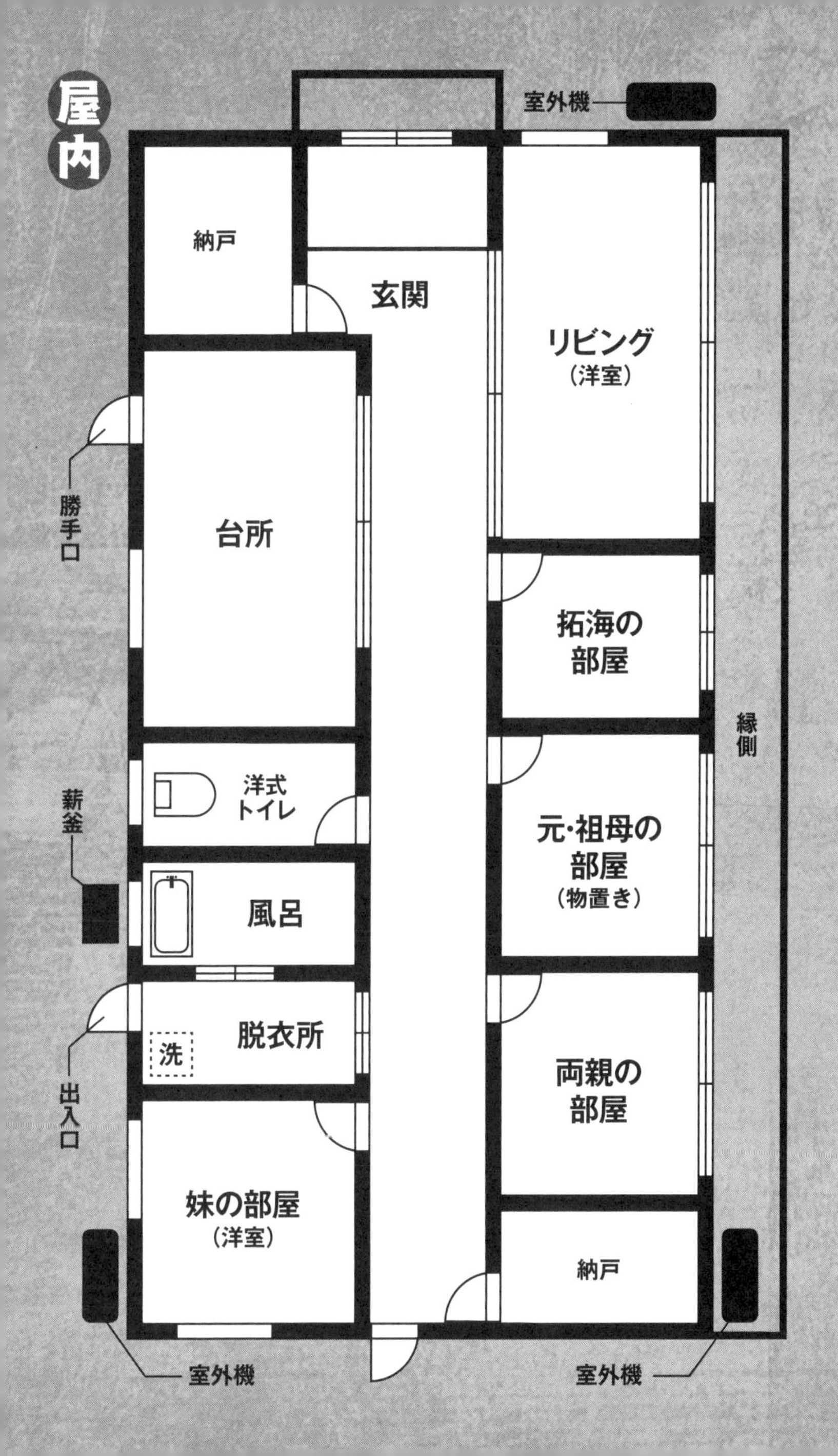

屋内
室外機
納戸
玄関
リビング
（洋室）
台所
勝手口
拓海の
部屋
縁側
洋式
トイレ
薪釜
元・祖母の
部屋
（物置き）
風呂
脱衣所
洗
出入口
両親の
部屋
妹の部屋
（洋室）
納戸
室外機
室外機

貴方の望み、叶えます

「俺の望み……ですか？」

俺――田中拓海は机と椅子しかない、真っ白な空間にいた。

目の前の机には、温かい緑茶が入った湯呑と上品なお菓子が置かれている。

対面には、セミロングの黒髪で毛先が少しふわふわしている美女。

そして、俺は今その美女と一緒にお茶を飲んでいる。

「ええ、そうです」

彼女は優雅に一口お茶を飲むと、机の上に湯呑を置きつつ、そう答えた。

「望みというか、貯金がある程度貯まったら会社を辞めて、亡くなった両親が遺してくれた田舎の一軒家で暮らすつもりでした――」

「それって、貴方の世界で、スローライフと呼ばれているものでしょうか？」

「……まぁ、そんなところですね」

高校を卒業後、俺は都会の生活に憧れて、東京の大学に進学した。

そしてそのまま東京で就職し、実家にも滅多に帰ることなく働き続けた。

ブラック企業というほど酷い会社ではなかったが、残業や海外出張が多いこともあって、休みの日に田舎に戻る気力がなかったことも理由の一つだ。

海外出張で日本を離れているとき、両親が事故にあったという知らせを、妹から受けた。

急いで出張先での仕事を済ませ、実家に帰った俺を待っていたのは、冷たくなった父と母だった。

『お父さんもお母さんも、ずっとお兄ちゃんのことを待ってたんだよ』

二人が息を引き取ったのは、俺が日本に着いた直後だったという。

たまには帰ってこいと何度も言われ、その度に忙しいからと断っていた俺を、二人はずっと待っていてくれたのだ。

両親の葬式を終えた俺は、東京に戻り、現実から目を背けるように仕事に打ち込んだ。

要領が悪く、これといった才能もない俺が、都会で生きていくためには、どんな無茶な仕事でも努力してこなしていくしかない。

しかし、同期がどんどん出世して行く中、俺は一人取り残された。

一生懸命働くしかできることがなかった俺は、休みも返上して働いた。

働いて、働いて、命を削るように頑張った結果――

「その結果が過労死……ですか」

目の前に座っている女性によると、俺は過労死して、この真っ白な空間に呼び出されたらしい。

薄々感じてはいたが、どうやらこの場所は死後の世界で間違いないようだ。

だとすると、目の前の女性は閻魔様みたいな存在なのだろうか。

「ほんと、このまま天国に行ったら『何やってんだ！』って両親に怒られますよね」

「大丈夫ですよ、貴方はご両親のいらっしゃる天国には行けませんから」

「ああ、それはよかっ……ええっ！　俺、もしかして地獄にでも落ちるんですか？」

確かに、滅多に親に顔を見せないほど仕事にかまけていたのは、罪かもしれない。

でも地獄に落ちるほどなのだろうか。

いや、そこらへんは人によって価値観が違うだろうけど。

「違います。これから貴方には別の世界へ転生してもらうので、元の世界の輪廻転生から外れてしまうのです」

「へ？」

目の前で微笑む美しい女性の口から、予想外の言葉が飛び出して、俺は固まった。

「実は貴方がこれから行く『ライーザ』という世界は、人類滅亡の危機に立たされていまして」

滅亡の危機ってなんなのだろう。

固まったままの俺に向かって、彼女は語り続ける。

彼女の話をまとめるとこうだ。

そのライーザという世界は、千年ほど前に天変地異に見舞われ、それ以降、世界中に魔物が現れ、人々を襲い始めたのだという。

結果、ライーザに住む人々は数を減らし、絶滅の危機に瀕することになったらしい。

そんな世界の人々がすがったのが、神様。

つまり俺の目の前で熱弁を振るっている女神、エンビア様だった。

彼らの悲痛な願いを聞き届けた彼女は、世界に干渉しすぎない範囲で、自分ができることを考えた。

そして思いついたのが、特殊なスキルを持つ別世界の住民を異世界に転生させることだ。

別世界の人間が元々持っているスキルを、神の力で可能な限り強化した上で、ライーザに転生させ、世界を救う手助けをしてもらおうというアイデアだった。

そうして彼女は、今まで数百年にわたり、幾人も異世界人を送り届けた。

彼らがもたらした知識やスキルによって、今ではライーザの人々だけでも魔物と戦えるまでに、文明が進化することができた。

おかげで現在は人口も増え、世界は徐々に昔の姿を取り戻してきているのだという。

「とはいえ、まだ魔物の脅威がなくなったわけではありませんし、ライーザの人々だけでは対処できない、不測の事態が起こる可能性もあるのです」

魔物というのは謎多き存在で、何故突然ライーザに現れるようになったのか、その理由も、未だ女神様ですらわからないらしい。

それもあって、今でも予防的な意味で、力を持った異世界人を転生させ続けているのだという。

「でも、俺は誰かを助けられるような、そんな特殊なスキルとか全く持っていませんけど？」

今までの人生、一生懸命働くこと以外は、趣味も何もなかった。

もちろん、スキルなんて呼ばれるような特技なんて、持っているわけない。

そんな俺が異世界に飛ばされて何ができるというのか。

「そうなのですか？」

「えっ」

「えっ」

二人の間に微妙な空気が流れ、俺たちはしばしの間、無言で見つめ合う。

「しょ、少々お待ちくださいね。今から貴方のスキルを調べてみますから」

そう言うと、女神様は何もない空中から一冊の本を取り出し、細く美しい指でページを捲り始めた。

「あっ」

しかしすぐに彼女は手を止めると、俺のほうを見て、申し訳なさそうに口を開く。

「……貴方のお名前を教えていただけますか？」

「えっ」

まさかこの女神様、自分が呼びつけた人間の名前を知らないのか？

そういえばこの空間に来てからずっと『貴方』と呼ばれていて、名前を呼ばれた記憶がない。

本当に神様なのだろうか。不安になってきた。

「田中です。田中拓海です」

「ああ、そうでした。田中さんでしたね。それでは調べますね」

取り繕うようにそう言って、女神様はもう一度手に持った本に目を落とし、ページを捲り始める。

もしかしてあの本に俺のスキルとかそういうのが色々載っているのだろうか。

ちょっと見てみたい。

「あった。ありましたよ、田中さん」

「よかった。それで俺の持っている特殊なスキルって、何かわかりましたか？」

「……」

「……」

無言で見つめ合う二人。

なんだろうこの空気、嫌な予感しかしない。

「田中さんのプロフィールにある特殊なスキルの欄にはですね……」

ドキドキする。

俺の中の秘められし力が、今明かされるのだ。

厨二病はとっくに卒業したはずだけど、ワクワクが抑えきれない。

「えっと、その……『特になし』とだけ書いてあります」

女神様は俺から目を逸らしながら、衝撃の事実を口にする。

「アンケートの『その他』の書き込み欄かよ！」

思わず敬語も忘れて、突っ込みを入れてしまった俺に、女神様は慌てた様子で「あっ、でもですね」と続ける。

「備考欄に『頑張り屋さん』と書いてありますから、大丈夫ですよ！」

「小学校の通信簿かよ！」

「その下に『頑張りすぎて周りが見えなくなるので注意しましょう』とも書いてありますけど」

「その通信簿、本当に誰が書いたんだよ！」

俺の怒涛（どとう）の三連突っ込みに、女神様が額に冷や汗を浮かべる。

結局、俺には特殊なスキルはないってことか。

がっくりと肩を落とした俺を慰（なぐさ）めるように、女神様が「お菓子食べます？」と机の上の皿を俺のほうに押し出す。

「じゃあ、どうして俺なんかが選ばれたんだろう」

「そうですね、たぶんなのですけど……手違いじゃないでしょうか？」

「手違いって。そんな理由で俺は天国に、両親のもとに行けなくなったと思うとやるせないんだけど」

「かといって、既に魂の輪廻はあちらから切り離されていますし、今更、元には戻せないので……」

女神様は顎（あご）に手を当てて、首を捻（ひね）りながらうんうん唸（うな）り、何かを考え始めた。

手持ち無沙汰（ぶさた）のまま、十分くらい待っただろうか。

「そうだ、こうしましょう」

「なんですか？」

「手違いで田中さんを呼びつけたのは、私たちの責任です。ですので、先程聞いた貴方の望みを叶えてあげましょう。通常であればスキルを強化するだけですが、お詫びとして、新しいスキルもあげちゃいます」

俺の望みって、さっき言った『亡くなった両親が遺してくれた田舎の一軒家で暮らす』ってやつかな？

魔物とかがいて危険そうな異世界で、スローライフなんてできるのかわからないけれど。

「田中さんに与えるスキルは《緑の手》というものです」

「どんなスキルなんです？」

「このスキルはすごいですよ。そして田中さんの望むスローライフにはもってこいなんです」

何やら得意満面の表情でそう告げた彼女に、俺は胡散臭いなと思いながら、冷ややかな視線を向ける。

「そのスキルについて、詳しく教えてほしいんですけど」

「はい、田中さんの望んだド田舎一軒家でのスローライフに、ピッタリなスキルで――」

確かに俺の実家があった場所はド田舎だし、そんな場所で暮らしたいというのが俺の望みだけれど、他人にそう言われると少しイラッとする。

というか女神様、口悪くない？

「どんなに育成が難しいものでも、田中さんが育てれば、最高品質のものができやすくなるスキルなのです！」

何故か自慢げな顔の女神様に少し引きつつも、俺はそのスキルについて考える。

最高品質のものが『できる』んじゃなくて、『できやすくなる』という部分に少し手抜き感がある。

それでも、農業知識も何もない俺がスローライフをするなら、そのスキルは非常に有用だろう。

「あとですね、そのスキルがあれば、通常より作物が早く育ちます」

「それはありがたいですね」

「でしょう？　枯れた土地でも育てられますし、連作障害も起こらないのです。それと、出来上がった作物の品質も確認できますよ。作物の品質チェックは、農業で生計を立てるには必要不可欠ですからね」

そう言って、女神様はキラキラした瞳で俺を見る。

「私、一生懸命考えて、田中さんのために、色々な内容をつけたスキルを作りましたから！」

鼻息荒く、褒めてオーラをまき散らす自称女神様に、俺は少し不安を感じる。

しかし、とりあえず俺にくれるスキルについては、色々と考えてくれたようだ。

確かにド田舎でスローライフをするには、かなり有効な力ばかりだ。

自給自足を基本にするとしても、時には街に出て生活必需品を買わないといけないだろうし、そのための現金収入は必要だ。作物を売って生計が立てられるのは嬉しい。

「あと、田中さんの体ですが、元の世界のものをそのままライーザに持っていくことはできません」

それは仕方がない。

元の世界では、俺の体はもう荼毘に付されているだろう。

もし残っていたとしても、死体が突然消えたら大騒ぎになってしまう。

「ですので、転生用の体を新しくご用意いたしました」

「新しい体？　それって異世界人に合わせた見た目になるってことですか？」

「いいえ。見た目はほとんど変わりません」

せっかく異世界に転生するなら、金髪イケメンに生まれ変わりたいと、少し思ってしまった。

でも突然他人の姿になるのも正直言って怖いから、慣れ親しんだ自分の体にしてもらえるのはよかったかもしれない。

「見た目はそのままですが、異世界でも最低限の生命維持ができるように、環境に順応した体を、転生する方には毎回用意しています。今回は不手際のお詫びとして、田中さんが健康だった頃まで体を若返らせていただきます」

「えっ」

「具体的に言うと、二十二歳くらいでしょうか」

二十二歳というと、ちょうど大学を卒業し、入社したばかりの頃だ。

その後はデスクワークばかりで体を動かすことも減り、言葉通り、死ぬまで会社に酷使され続けた。

確かに入社前のあの頃が一番健康だったかもしれない。

「若返った影響で、魂が新しい体に慣れるまでは、少しの間、副作用が出るかもしれませんが、すぐになくなりますので安心してください」

副作用がどんなものか分からないが、女神様がそう言うなら、それほど酷いものではないのだろう。

「それとですね」

続けて女神様はそう口にすると、何もない空中から、拳大(こぶしだい)の袋を五つほど取り出し、机に置いた。

「これは田中さんへのプレゼントです」

「なんなんですかこれ」

「向こうの世界で流通している五種類の野菜の種を、この袋の中に入れてあります。向こうに着いたら、育ててあげてください」

「野菜って、キャベツとかトマトとかですかね。まさか異世界のわけのわからない野菜とかじゃないですよね？」

「大丈夫ですよ。異世界の野菜といっても、田中さんが知っているものと大差ありませんから」

「そうなんですか？　それなら安心ですけど」

「ええ。あまり環境がかけ離れた世界の人間を転生させると、色々問題が出ますから、なるべく環境が近い世界の人を選んで転生させています」

女神様は続けて、俺が生まれ変わって生活を始める地について説明を始めた。

これから俺が転生させられる場所は、人里から少し離れた安全な山の中なのだそう。

魔物がいる世界と聞いて不安だったが、女神様曰(いわ)く、凶悪な魔物の生息域からはかなり離れているため、心配はいらないとのこと。

「きちんと田中さんの住む家も建てますから、安心してくださいね。もちろん畑ができるくらいの広い庭付きで。あ、田中さん好みの家をご用意するために、少し記憶を覗(のぞ)かせていただきますけど、ご了承ください」

健康な若い体に有用なスキルと、野菜の種、更に安全な土地に家まで用意してくれたのは、彼女なりに本気でお詫びしてくれたようだ。

「できる範囲で、頑張っちゃいました」

「ありがとうございます。ちなみに、どんな家なんですか？」

ぐっと拳を握って力説する女神様にお礼を言ってから、俺は気になったことを尋ねる。

「それは生まれ変わってからのお楽しみです」

微笑む女神様に、一抹の不安を抱く。

何やら微妙にポンコツ臭のする女神様のことだから、王宮並みの御殿が出来上がっている可能性もある。

「それでは早速転生させちゃいますね」

「えっ、まだ心の準備ができてな――――」

彼女を止めようとしたとき、突然床から湧き出すように現れた光の輪が、俺を包み込んだ。

必死にその光の輪の外に出ようと試みるが、光はまるで壁のように、俺が逃げるのを阻む。

「それではよいスローライフを」

まばゆい光の向こうで女神様が小さく手を振る。

光はどんどん強くなっていき、突如として、俺の体が浮遊する。

そして、どこかへ体が引き寄せられる感覚と共に、俺の意識はなくなった。

見知った天井から始まる異世界生活

「う、うーん」

俺が目を覚ますと、そこは畳の部屋の中だった。

「ぐぁーっ。頭が痛いし、くらくらする」

二日酔いかな？

痛む頭を押さえながら、上体を起こし周囲を見回す。

「俺の部屋……か」

寝ぼけているのと二日酔いのせいで、頭がうまく働かない。

そして、自分の体を見下ろすと、仕事帰りのワイシャツ姿のままだった。

この様子からすると、どうやら俺は酒を飲みすぎて、帰宅して早々、着替えもせず風呂にも入らず眠ってしまったのだろう。

最近は慣れない新人教育を任されて、ストレス発散に、帰りに居酒屋に寄って飲むことが増えていた。

それでも記憶を失くすほど飲むことなんて、今までなかったのに。

「気持ち悪いし、頭もぼーっとするし、夢見も悪いとか……もう二度と深酒なんてしないぞ」

俺は体の怠さを感じながら、目覚める前に見ていた不思議な夢のことを考えた。

「それにしても、やけにリアルな夢だったな」

なんだか真っ白なところで、自分は女神だとか言う女性と出会う夢だった。

確かに女神を自称するだけあって、今まで見たこともないくらいの美人さんではあった。

だが、そんな彼女の口から出た言葉は、たとえ夢だとしてもあまりにも突拍子がなさすぎた。

「俺が死んだとか異世界とか転生だとか、わけがわからん」

現に俺はこの通り生きているわけだし。

昔からその手の小説とか漫画を勉強の合間に息抜きで読んではいたが、夢にまで見たのは初めてだ。

異世界転生とか、現実逃避したいくらい、俺の心は疲れていたのだろうか。

寝癖のついた髪を手櫛でとかしながら、俺は壁にかかった時計に目をやる。

その針が示す時間は六時十分。

忙しい毎日で唯一救いなのは、職場が近いことだ。

おかげで朝ゆっくり眠っていても、遅刻する心配はない。

「シャワー浴びて飯を食うくらいの時間はありそうだな」

郊外に一軒家を買ったはいいが、通勤に二時間近くかかると、前に上司がボヤいていたのを思い出す。

だったらそんな遠くの家なんて買わなければいいのにと思ったが、流石に口には出さなかった。

「まぁ、近ければ近いで面倒も多いけど」

我が社は二十四時間体制なので、緊急に人手が必要になった場合、近くに住んでいるというだけの理由で、夜中に呼び出されることもしばしばある。

『若いときの苦労は買ってでもしろ』と、入社当時から上司に時間外の仕事を押し付けられ、そのままずっと俺はそんな仕事を請け負い続けてきた。

いくら残業代が出ると言っても、ヘトヘトに疲れて帰ってきて、やっと眠れたと思った直後に、電話で起こされて呼び出されるのは、たまったもんじゃない。

それに俺だって、いつまでも若いわけじゃない。

まだ三十路前（みそじまえ）とはいえ、最近は入社当時に比べて、流石に無理ができなくなってきたと実感している。

そうだ。昨日も一度帰ってから夜中に呼び出されて、急いで会社に向かったんだった。

そこまでは覚えているのだが、その先の記憶はない。

気づいたら眠っていて、不思議な夢を見ていた。

「とりあえずシャワー浴びよう」

頭痛は治まってきたが、まだ怠さと霞（かすみ）がかったような頭のもやもやが取れない。

シャワーでも浴びればスッキリするだろうと、俺は立ち上がろうとした。

じゃりっ。

起き上がるために畳についた手に、何かが当たった。

寝る前に布団の横に何かを置いた記憶はないんだが、と目を向けると――

「おいおい、マジかよ」

そこには夢の中で女神様から手渡された五つの小袋が転がっていた。

「これって、あれだよな？　えっ……だって、あれは夢で……あっ」

あまりの驚きに、一瞬で頭がはっきりした俺は、慌てて立ち上がり、窓に駆け寄って、外を確認した。

そして――

掃き出し窓を開いた先に見えた景色は、広い庭と荒れた畑。

「どう見ても森だよな？」

俺の住むマンションは都内にある。近くに公園や神社もない。

だから窓の外に森が広がっているなんてありえないはずだ。

「それに……」

俺は振り返って部屋の中に視線を移す。

「この部屋は俺の……俺の部屋だ」

それは間違いない。しかし、ここは……

俺は頭に浮かんだ可能性を確かめるために、転びそうな勢いで玄関に向かう。

引き戸を開き、靴を履くのももどかしく、外に飛び出す。

すると、どこまでも広がる深い森が、俺の目に飛び込んできた。

それが夢ではなく、現実だと思い知らせるように、濃厚な木と土の匂いが俺の鼻に届く。

都会では滅多に感じることがないその匂いに目眩を覚えながら、俺は外に飛び出した目的を果たすために、恐る恐る振り返る。

「やっぱり……ここは俺の実家だ」

そこには上京するまで俺が、両親や妹と一緒に暮らしていた、平屋の一軒家が建っていた。

「はは……そりゃ部屋に見覚えがあるはずだわ。俺がずっと暮らしてた部屋なんだもんな」

ということはやっぱりあれは夢じゃなくて、俺は本当に死んでしまったのか。

女神様が言った通り俺の死因が過労死なら、突然死だったのかもしれない。

「だから、会社に向かってからの記憶がないのか。それに目覚めてからしばらくの間、頭がぼーっとしていたのも、女神様が言っていた副作用のせいだったんだな」

副作用で魂が体に慣れず、頭が働かなかったのだろう。

目覚めたとき今住んでいる部屋じゃなく、実家の部屋だったというのに、なんの疑問ももたなかった。

あの怠さがなければ、すぐにこのおかしな状況にも気づいたはずだ。

「それにしても、俺が死んだのが事実だとすると……」

田中家は、妹一人だけになってしまったということになる。

両親が死んでまだ間もないというのに。妹には最後まで迷惑をかけてしまった。

「確か、生命保険の受取人はあいつにしてあったはずだから、それで許してくれ……」

俺が上京してからは、年に数回も顔を合わせることがなかった妹。

彼女の顔を思い浮かべて、俺はつぶやく。

高校に入学した頃までは兄妹仲は悪くなかったのだが、思春期に入ったこともあり、徐々に俺たちは話すらしなくなっていった。

「こんなことになるんだったらもっと話をしておくんだったな……今更どうしようもないけど」

俺はしばらく昔を思い出した後、目の前の家に目を向ける。

あの出来事が夢でないのなら、もう俺は元の世界に戻ることはできない。

つまりこの世界で暮らしていくしかないのだ。

幸か不幸か、元の世界では交友関係が狭(せま)く、家族も既に妹しか残っていない。

元の世界に対する未練が少ないのは、まだ救いだろう。

「よし！」

俺はそうつぶやくと、現実と向き合うことにした。

さて、まずはこの家だ。

まさか、女神様が異世界に家をまるごと転移させたわけじゃないだろう。

今はもう誰も住んでない家だったとしても、突然消えてしまったら大騒ぎになる。

だから、俺の目の前にあるこの家は前世にあったものとは違うものだと思うが……

女神様め。何が『頑張っちゃいました』だよ。頑張りすぎだ。

確か、俺の記憶をもとに作ったと言っていたな。

両親の葬式で地元に帰ったときに見た家より、少し新しく思える。

「調べてみるか」

俺は家の周りを確認することにした。

庭のほうは先程部屋から見たので、その反対側の家の裏に向かう。

そして、歩き出したばかりのところでそれを見つけた。

「きちんと井戸も再現してくれたのか」

裏に回ってすぐの場所にあったのは、手押しポンプ式の井戸だった。

父親がこの家を買ったときには既にあった井戸で、昔は飲料水としても使われていたはずだ。

「水道があったから使わなかったけど、夏とかこの井戸の水でスイカを冷やしたりしてたんだよなぁ」

そんなことを思い出しながら井戸に近づく。

「これって飾りじゃなくて動くのかな？」

俺はポンプの取っ手を両手で握りしめ、上下に動かしてみる。

最初は軽さに少しよろめいたが、何度か動かすと徐々に抵抗を感じるようになり、やがて透明な水が噴き出した。

「おおっ。見かけだけじゃなくて本当に使えるんだな」

赤錆も出ないところを見ると、古臭い見かけと違って、中身は新品なのかもしれない。

なんせ女神様が頑張って作ってくれたのだし。

俺はしばらくその懐かしい感触を楽しみながら、汲み出した水で顔を洗った。

そして、一口水を飲んでみる。

「くっはぁー。めちゃ美味いじゃん」

記憶の中にある井戸水より美味しい気がする。

といっても、俺がこの井戸水を飲んだのはもう十年以上前のことだから、都会のカルキ臭い水に慣れたせいで、余計に美味しく感じるのかもしれない。

しばらく井戸の縁に腰かけて休憩した後、俺は腰を上げて家の裏側に進み、そのままぐるっと家の周囲を一周してから、玄関に戻った。

家の裏は井戸と風呂を沸かすための薪釜以外は、特にこれといったものは見当たらなかった。

庭のほうも畑以外は納屋が一つ建っているくらいで、こっちも俺の知る実家の姿と何ら変わらない。

家の周りの風景さえ見なければ、実家に戻ってきただけと錯覚してしまいそうなくらいだ。

「さてと。家の周りは大体わかったから、次は中だな」

家の中のものがどこまで使えるのか、そして何があるのかを確認しなくてはならない。

これから俺はこの世界で、この家で生きていかなければならないのだから。

◆◆◆

「思ったよりハードな生活になりそうだな」

大体一時間ほどかけて家の中を調べた。

その結果わかったことを整理するために、俺は今、リビングの四人掛けテーブルに片肘をつきながら座っている。

汲みたての井戸水は冷たく、喉を潤してくれる。

「さてと。とりあえずわかったことは……」

調べた内容を書き出したメモに目を落とす。

家の全ての電灯は、スイッチを押しても紐を引っ張っても、点灯しない。

水道も、台所や洗面所や風呂、あらゆる場所の蛇口を捻ったが、出る気配はなかった。

水が自由に使えないというのは、現代のインフラに慣れた身には辛い。

水道が使えないため、トイレは毎回水を井戸から汲んでタンクに入れる必要がある。

もちろん温水洗浄も動かないし、便座も冷たいままだが、使えるだけありがたいと思ったほうがよさそうだ。

「実家があったのも下水道がないような田舎だったから、トイレが浄化槽式なのは助かったけど」

そうは言っても、浄化槽がきちんと機能するのかわからない。

早めに確認して、ダメだったら対策が必要になるかもしれないな。

俺の記憶だと、小学校に上がる前には、風呂は自動給湯器になっていたはずだが、何故かこの世界の家では、薪で沸かすタイプのものが設置されていた。

女神様の趣味なのか、俺が潜在的に薪風呂を望んでいたのかはわからないが、給湯器が使えない状況では最善の設備と言える。

続いて台所だ。田舎の家には、普通の家にはない竈（かまど）がそのまま残されていた。

といっても、父が家を買ってから竈が使われたことはなく、その上に板を置いて、ガスコンロを置く台にされていた記憶しかない。

そのガスコンロは俺が実家に住んでいた頃と違い、ＩＨクッキングヒーターに変わっていた。

去年くらいだったか、母が電話で『この前コンロをＩＨに変えたのよ』と嬉しそうに言っていたのを覚えている。

たぶん女神様は、その俺の記憶から、わざわざＩＨに変更をしてくれたのだろう。

もちろん電気が通っていないこの家では、ＩＨなんて使い物にならないので、ありがた迷惑なわけだが。

「でも一番驚いたのは冷蔵庫が氷室（ひむろ）になってたことだな」

亡くなる前に両親が『一カ月分は買いだめできる』と自慢げに写真を送ってきた、通常の二倍はありそうな巨大な冷蔵庫。

いくら《緑の手（グリーンハンド）》の力があるとはいえ、今から畑を耕（たがや）して、野菜が育つまで食料ゼロでは死んでしまう。

そう思って冷蔵庫に何か入っていないかと、恐る恐る開いてみたら――

「まさか冷蔵庫の中に氷室へ下りる階段があるとは予想外だったな」

俺は氷室の中を確かめるため、親父の部屋に置いてあったライターの明かりを頼りに、階段を下りた。

そこにはかなりの量の食料が備蓄されていて、奥のほうには大きな氷の塊がいくつかあった。これも女神様からのプレゼントなのだろう。

配慮の仕方が中途半端で、使えるものと使えないものが交ざっているとはいえ、本当に色々頑張ってくれたようだ。

「しっかし、大量の食料はありがたいけど、氷室の氷がなくなったらどこに取りに行けばいいんだ？　電気がなければ製氷機も動かないぞ」

しばらくの間は、今氷室の中にある氷はもつと信じていいのだろうか。

昔見た時代劇では、冬の間に氷を作って、氷室に保存していたような覚えがある。

この土地に冬が来るまで耐えてくれるといいのだか……

「というか、そもそもここって氷ができるくらい寒くなるのかな」

今は春のような陽気だけど、この地に四季があるとは限らない。

もしかして四季もなく常にこの気温だとすれば、自分で雪が積もるようなところまで氷を取りに行く必要がある。車も何もないこの世界で、俺にそんなことができるとは思えない。

「とりあえずは生ものを先に食べるか、保存食に加工するしかないかな」

納屋の中に親父が使っていた燻製器(くんせいき)があったし、燻製なら昔何度か作ったことがある。

燻製用のチップも数袋は保存してあった。

ただ、それを使い切った後はこの世界の木で作らなきゃならないわけだが。

家の周りに生えている木が燻製に向いているかどうかわからないが、細かく削って干すだけなら俺にもできるだろう。

「さて、一応食料もあるし、当面の生活はなんとかできそうだけど……」

俺はメモをポケットに突っ込みながら立ち上がる。

「何はともあれ、今ある分を食い切る前に、食料の安定供給を目指さないとな」

そうつぶやきながら玄関から外に出て、庭の隅にある納屋へ足を向ける。

この納屋は、生前両親が畑道具などをしまっていた場所なのだ。

燻製器などのアウトドア用品も、ここにしまってある。

少し建て付けの悪くなった扉を開けると、俺はその中から鍬（くわ）と作業着を探し出して、着替えてから畑へ向かう。

農業に関する知識はほとんどないが、女神様からもらった種を蒔（ま）くために、まず畑を耕さなければならないことくらいはわかる。

畑の前で、俺は荒れた地面を仁王立（におうだ）ちで睨（にら）み付（つ）けた。

さぁ、ここからが俺のスローライフの始まりだ。自然に鍬を握る手に力が入る。

「それではやりますかっ」

俺は気合いを入れると、手にした鍬を高々と振り上げた。

そして、そのまま荒れて硬くなっている地面に、勢いよく振り下ろしたのだった。

◆　◆　◆

それから一時間くらいは経っただろうか。

「いや、無理。無理だわ」

俺はまだ二割も耕せていない畑の脇で座り込んでいた。

勢いよく耕し始めたものの、これといった運動もしてこなかった俺の体はすぐに悲鳴を上げた。

いくら二十二歳の体に若返ったとはいえ、元々体力があるほうではなかったし、普段やり慣れていない農作業をするのはキツい。

最初は腕、次に腰に痛みを感じたところで、これ以上の作業は危険と判断。

こんな山奥で、ぎっくり腰なぞ起こしたら、洒落にならない。

動けないまま死んでしまう可能性すらある。

『さぁ、ここからが俺のスローライフの始まりだ』と、つい意気込んで、加減も考えず突っ走ってしまった。

せめて準備運動くらいはしておくべきだったなと反省しても、後の祭りだ。

「まぁ食料もしばらくは余裕あるし、畑はゆっくりと広げていけばいいか」

二割程度とはいえ、一応耕すことはできたのだし、スキルを試すために狭い範囲から、種を蒔いてみてもいいだろう。

俺は鍬を一旦納屋にしまいに行き、今度はジョウロと小さめのスコップと手ぬぐいを持ち出す。

スコップを畑の横に置いてからジョウロを持って、井戸に向かう。

汗だくだった俺は井戸水で顔を洗い、ついでに渇いた喉を潤してから、腰を下ろす。

「ぷはぁ、本当にこの井戸の水は美味いな」

何度飲んでも飲み飽きない水の美味さに、ついそんな言葉が口から出る。

水質がいいのだろうか？

それともこの水も女神様が『頑張って』美味しくしてくれたのだろうか。

ところどころ気が利かないのは否めないが、この井戸に関してだけは素直に女神様に感謝したい。

そんなことを考えながら、俺は腰かけていた井戸の縁から腰を上げる。

「さてと、いつまでも休んでる場合じゃない」

日が暮れるまでにやっておくことは沢山ある。

「今日中に種くらいは蒔いておきたいよな」

もしかしたら俺のスキルが発動して、明日にはもう収穫できたりするかもしれないし。

「流石にそんなことはないか」

俺は手ぬぐいで軽く顔を拭くと、ジョウロに井戸水を入れてから畑に戻る。

そこではたと気がついた。

「そういえば女神様からもらったスキル——確か《緑の手》って名前だっけか。それってどうやって使うんだ？」

あの女神様は《緑の手》の効果は教えてくれたけれど、使い方に関しては一切説明がなかった。テンパっていたみたいだし、たぶん忘れていたのだろう。

でもスキルの使い方って一番重要なのではなかろうか。

あのとき俺がきちんと聞いておけばよかったのかもしれないが、俺だって突然死んだとか転生だとか言われて、女神様以上にテンパっていたのだから仕方がない。

もしかして畑に向かって『グリーンハンドォ！』とか、スキル名を呪文のように叫ばないといけないわけじゃないよな？

厨二病をとっくに卒業した俺には、いくら人目はないといっても、ハードルが高すぎる。

さて、どうするか。

「とりあえず普通にもらった種を蒔いてみるしかないか」

説明がなかったということは、常時発動か自動的に発動するスキルなのかもしれない。

スキル名を叫ぶのはそれを確かめてからでいいだろう。

俺は痛む腰を押さえながら、耕した畑の一部に畝を作って、スコップで種を蒔く穴を掘る。深さは適当だ。

続いてその穴に女神様からもらった種を入れて、軽く土を戻し、水をかける。

《緑の手》が発動しているのかどうかは、今のところさっぱりわからない。

「あとはどうしたらいいんだ？」

肥料をあげたりもするべきだろうか？　たぶん納屋の中にあるとは思うんだけど。

でも女神様は『枯れた土地でも育てられますし、連作障害も起こらない』とか言ってたよな。

もしかしたら砂漠とか石の上とかでも育てられるのかもしれない。

だとしたらずいぶんなチートっぷりだと思う。そういう部分も要研究だ。

「頼むから立派に育ってくれよ。俺のスローライフはお前たちにかかってるんだからな」

俺は目を閉じ、畑に合掌しながら願う。

「さてと……」

そうこうしている内に、気がつけば既に日が少し傾いてきている。

現状家の中に明かりはない。

ライターはすぐ手に取れる場所にあるが、できれば懐中電灯かロウソクのほうがありがたい。

ロウソクは納戸で見た覚えがある。

「暗くなる前に、やっておくことといえば、風呂と飯か」

俺は自分の汗が染みた服をつまみながら、つぶやく。

暗くなる前に、畑仕事で汚れたこの体を綺麗にしてエネルギーを補充しておかないと、料理をする気にもなれないし、できればロウソクの明かりで風呂に入るのは避けたい。

最悪、飯は氷室の中にあった生でも食べられる食材で済ませば、なんとかなる。

「とはいえ、風呂を沸かすのも結構大変そうなんだよな」

電気のないこの世界では、前世のようにボタン一つで自動給湯というわけにはいかない。

「水道も使えないし、井戸で水を汲んで風呂桶に溜めるだけでも、死にそうだ……」

これからしなければならない苦労を考えると、げんなりする。

「でも風呂に浸からないと、明日まで疲れが残るだろうし」

俺は凝り固まった腰をトントンと叩くと、決意を固めて、井戸に向かい、バケツに水を汲み始める。

幸い井戸から風呂への行き来は、裏口を使えば楽だ。

「井戸が家の裏にあって助かったよ」

畑からは遠いが、風呂やトイレなど水を使う場所には近い。

どうして家の裏に井戸があるのかと昔は思っていたが、水道が使えない今になって、初めてその理由がわかった気がする。

「まぁ、辛(つら)いものは辛いんだけどな」

そうぼやきながら、井戸水で満杯になった重いバケツを手に、家の裏を通って風呂に向かったのだった。


お風呂に水を張るために、バケツを持って何往復しただろうか。

やっと人一人浸(つ)かることができるくらいに水を溜め終わった頃には、すっかり日が落ちてしまっていた。森の中は真っ暗だが、月明かりがあるので、なんとか井戸と風呂の場所くらいはわかる。

汗と泥を流したいがために風呂に先に入ると決めたのに、逆に汗だく状態になってしまった。

まるで土砂降りの雨を浴びた後のようだ。

しかも結局、日も暮れて暗闇風呂に入るしかなくなってしまった。

「腰が死ぬ」

そして腰がいつ爆発してもおかしくないくらい張っている。

「しかもこれから薪釜で風呂を沸かさなきゃいけないんだよなぁ」

いっそこのまま水風呂に飛び込むのもいいかもしれない。

「いやいや、初日からそんなことでどうするよ、俺。ここまできたら、もうひと踏ん張りだ」

風呂の準備の中で一番の重労働である水汲みは終わったのだ。

ここで止めてしまっては、せっかくの苦労が水の泡というもの。

「よし、やってやるぞ！」

そう決意すると、俺は脱衣所の裏口から外に出る。

この裏口は薪釜で風呂を沸かしていた頃は使われていたのだが、リフォームで自動給湯式に変わってからは閉めっぱなしになっていた。

水道が使えない今となっては、この裏口の存在は井戸水を運び込むのにも使えるため、とてもありがたい存在となっている。

「火おこしは、前に調べた方法でいけるよな」

アウトドアが流行った頃にキャンプに行くことを想像して、色々調べていたことがある。

結局ろくな休みももらえない職場では、キャンプに行くこともできなかったわけだが、それが今になって役に立つとは。

「えっと、まずは……」

俺は外にある薪釜の蓋を開けて、横に積んである薪の山から細い木の枝を選んで取り出し、釜の中に並べる。その上になるべく平たい薄めの薪を選んで入れる。

そして、燃えやすそうな葉っぱを取ってきて、ライターを使って着火。

先程、釜の中に積んだ細い枝の近くに葉っぱを置いて、さらに葉っぱを追加し、火をおこす。

「なかなかいい感じに燃えてくれたな」

パチパチという木が燃えて弾ける音がし始める。

ある程度火の勢いが出てきたところで太めの薪をくべる。

同時に、火が消えないように平たい薄めの薪であおいで、風を中に送り込んでやるのだ。

そうすると、徐々に大きな薪に火が入る。

ここまでくればもう安心。あとはこの火を消さない程度に薪を詰め込んで準備完了だ。

この工程は楽しいのだけど、これを毎日やれと言われれば面倒くさい。

できれば、もっと簡単に火をつけられる道具があればいいんだけど。

たとえ異世界といえども、人間の生活には火をおこせる道具が必要なはず。

この世界にはこの世界なりの火をつける道具があると信じたい。

もしかして火打ち石かもしれないが、そのときは使い方もレクチャーしてもらわねばなるまい。

「ある程度落ち着いたら、一度、近場の街に行ってみよう」

女神様が『農業で生計を立てる』と言っていたから、野菜を売れるような街があるのだろう。

それほど遠くないところにあるといいんだけど。

自分の前世での知識がどの程度通用するか確認するためにも、こっちの世界の文明レベルも調べないといけない。

少なくとも昼間に畑仕事をしている間は、空に飛行機などの人工物が飛んでいるのを見かけなかった。

代わりに見たこともない鳥のような生き物が飛んでいて、改めてここが異世界なんだなと実感したくらいだ。

「それにしてもさ。女神様ってスキルの使い方だけじゃなく、この世界について、必要なことをほとんど教えてくれなかったな」

教えてもらったのは、この世界が魔物のせいで一度滅亡しかけたところを、異世界からスキルを持つ人を送り込むことで、持ち直したということくらいだ。あとはスキルの内容。

「さてと、そろそろ湯加減もいい頃かな」

考えても仕方がないので、風呂に入ることにした。だが……湯加減がわからない。

とりあえず釜の中に数本薪を追加してから脱衣所に戻る。

ガラッと風呂の扉を開けると、湯船からはいい感じに湯気が立っていた。

「ふぅ、これでやっと風呂に入れる。さて湯加減は、っと――」

俺は浮かれた気分で、軽く湯船に手を突っ込んだ。

「熱っちぃいいいいいいいいいいいい!!」

完全に油断していた。薪風呂の温度調節の難しさをなめていた。

「みっ、水！」

慌てて外に飛び出し、井戸まで裸足で走り、手を冷やす。

幸いにも、火傷はしていないようだ。

こんな医者もいない異世界の山奥で、怪我をしたらどうすればよいのか、考えただけでゾッとする。

本当のスローライフというのは、言葉のイメージから考えていたものと違って、命がけなのではなかろうか。

「これじゃあスローライフじゃなくてサバイバルライフじゃないのかな、女神様ぁ」

俺はそう嘆きながら、風呂の温度を下げるため、井戸と風呂の往復を一人繰り返したのだった。


風呂から上がって、着替えるために自分の部屋に入る。

空に満月が浮かんでいるおかげで、家の中はそれなりに明るい。

といっても、月明かりが届くはずもない真っ暗な氷室から、食べ物を持ち出してくるのは少し怖い。

食材を取り出せたとしても、台所の位置は月明かりの差し込む方向とは逆にあるために、そんなところで料理をしたくない。

昼間家の中を見て回ったときに、納戸の中でカセットコンロを発見したので、明るい場所でそれを使う手もある。

しかし、ガスボンベの補充ができないこの世界では、カセットコンロはいざというときのために取っておきたい。

「なんにしても面倒くさいし、どうしようかな」

俺はそう口にしながら、風呂でほてった体を冷まそうと、掃き出し窓から外に出る。

そこでは中途半端に耕された畑が、月明かりに照らされていた。

「前途多難だなぁ」

文明の利器のない異世界のスローライフは、とんでもなく大変だということに気づかされた一日だった。

たった一日、畑仕事をしたり、風呂の準備をしたりしただけで、手も足も腰も限界に近い。

風呂に入ったおかげで少しは楽になったものの、明日は筋肉痛待ったなしだろう。

「俺、こんな世界で本当に生きていけるのかな……」

畑の向こうには鬱蒼とした森。

時々聞こえる犬の遠吠え。いや、もしかしたら狼かもしれないし、魔物かもしれないが。

ド田舎に住んでいたからか、俺にとっては動物の鳴き声は懐かしく、恐怖は感じない。

狼や魔物に遭遇したことがなく、その怖さを知らないから、こんな呑気でいられるのだろうか。

ぐう。

そんな郷愁に浸っていたが、俺の体は正直だった。

かなり大きな音が腹から響く。

今日は目覚めてからずっと水しか飲んでない。そりゃお腹も空くよな。

もう我慢して眠ってしまおうか。

そう思って布団に潜り込み、目を閉じた。

だが一向に眠気は訪れない。

体は疲れてくたくたなのに。

自覚はないけど、初めての異世界生活で気が張っているのかもしれない。

毎日夜遅くまで仕事漬けの生活を送っていて、こんな早い時間に寝ることに慣れてないからという可能性もある。

お腹の虫は、まだグーグー空腹を訴えている。

この部屋に何か調理せずに食べられるものはないだろうか。

お菓子くらいは机の中にしまってあるかもしれない。

「あっ。そういえばいいものがあるじゃないか」

俺は布団を蹴飛ばして立ち上がると、勉強机の上に置いた五つの小袋を持ち、布団の上に並べた。

女神様からもらった種だ。

昼間少しだけ使ったものの、まだまだその中にはかなりの量が残っている。

「あまりお腹は膨れないだろうけど、ゆっくり噛んで食べれば、少しは足しになるだろ」

女神様からもらった貴重な種だが、背に腹はかえられない。

「どれを食べようかな」

それぞれの袋から種を数粒ずつ取り出す。

丸い種、細長い種、薄っぺらい種、ギザギザな種、ハート形の種。

野菜に詳しくない俺には、どれがどんな植物の種かはさっぱりわからない。

ばりぼりばりぼり。ばりぼりばりぼり。

「意外とイケるじゃん」

噛む度に口の中に広がる、不思議な味わいが癖になる。

種ごとに微妙な味の違いがあるのも面白い。食感はひまわりの種っぽいな。

「ふぅ……腹いっぱいでもう食べられない」

膨らんだ腹を撫(な)でながら、俺は大きく息を吐く。

小さな種なんてどれだけ食べても満腹にはならないと思っていたけど、予想外にお腹いっぱいになってしまい、苦しいくらいだ。

「種の中にチアシードみたいなのも混ざってて、それが腹の中で膨らんだのかな」

確かチアシードって水分を含むと十倍くらいに膨らむんだよな。胃の中の水分で膨らむのかは不明だが。

そんなことを考えつつ、種の袋に目を向ける。

「それにしても……」

予想外に美味しくて、気がついたらかなりの量を食べてしまった。

俺はしぼんだ五つの袋を持ち上げる。

「ずいぶん減っちゃったな。畑全体に蒔く分はあるだろうけど」

俺は立ち上がって、窓の外に目を向ける。

昼間、種を蒔いた畑が月明かりに照らされて、見えた。

今日耕せたのは、畑全体の二割程度の範囲でしかない。

「せめて明日は今日の倍くらいは耕したいもんだ」

そう言ったときだった。

「んっ？」

さっきまではなんの変化もなかった畑に、小さな芽がいくつも出ていた。

「おいおい、まさか」

俺は慌てて部屋に置いてあった室内用スリッパを履いて、掃き出し窓から外に出る。

そのまま一目散に畑へ向かうと、服の汚れも気にせず座り込んだ。

「嘘だろ？」

俺の目の前。そこには、月の光を浴びた小さな植物の芽があった。

畑の変化を目にしてから、突然出てきた芽がもっと成長するんじゃないかと、一時間ほど観察していた。だが結果的に芽が出た以上の変化はいつまで経っても起きなかった。

「《緑の手(グリーンハンド)》の力でこう、ぶわっ！　って育つのを期待したんだけどなぁ」

もしかして、前世で見たアニメのように、芽に向かって喜びのダンスでもしたほうがいいのだろうか。

そんなことを考えつつ、しばらく待っていたものの、やはり変化はない。

やがて昼間の疲れもあってか、やっと眠くなってきた俺は、これ以上成長することもないだろうと、部屋に戻って眠ることにした。

◆　◆　◆

翌日。

昨夜はかなり遅くに眠ったのに、カーテンを閉めていなかったせいで、朝日が差し込んできて早朝に目を覚ましてしまった。

「ふわぁ」

寝不足でぼんやりする頭を掻(か)きながら、俺は無意識に置きっぱなしだった袋に手を伸ばす。

そして袋から数粒種を取り出し、口に放り込んだ。

生前は仕事が忙しすぎて、常に枕元にゼリー飲料などを常備して、朝食を済ませることが多かった。忙しすぎる日は、朝昼晩全てそれで済ませることも少なくなかった。

もしかしたら俺が突然死した一因は、そこにあったかもしれない。

「やべっ。また貴重な種を食べてしまった……」

やっと頭がはっきりしてきたが、もう遅い。

「明日からは枕元には置かないようにしないと」

俺は口に放り込んだ数粒の種を咀嚼しつつ、玄関から出る。

そして眠気を覚ますために、井戸で顔を洗ってから畑へ足を向けた。

「育ってる育ってる」

遠目にも、寝る前に見た状態よりかなり成長している。

夜中俺が見ていた間はピクリとも成長しなかったというのに、なんだか納得がいかない。

「それにしても、蒔いて一日もしない内に、よくもまぁこんなに成長したもんだ」

近くまで歩いてきた俺は、畑の様子を眺めながらつぶやく。

目の前には綺麗に並んだ五種類の植物が、それぞれ様々な形の葉を広げていた。

蒔いたばかりだというのに既に高さは三十センチ程度。

茎の太さは、直径で二センチくらいはあるだろうか。かなり丈夫そうな茎である。

もしかしたら支柱が必要になるかなと考えていたが、これくらい太ければ大丈夫そうだ。

女神様は確か、袋に入っているのは『五種類の』野菜の種だと言ってたけど。

「葉っぱの形以外は、どれもこれも同じように見えるなぁ」

とりあえず確実なのは、この中にキャベツとか白菜とか、葉物野菜はなさそうだ。

もしかしたら、街に行けば葉物野菜の種も手に入るかもしれないが。

流石にホームセンターはないだろうけど、種を扱う商店か商人くらいはいるだろう。

「とにかく女神様からもらった野菜が育ったら、街に売りに行って、そのついでに他の野菜の種を買えばいいってことで」


俺はそうつぶやくと、納屋の中から作業着を取り出し、着替えてから畑に戻る。

そして、昨日から畑の横に置きっぱなしにしていた鍬を手に取った。

「ふぅ。大変だけどこれが俺の望んだ生活だからな。やるぞっ！」

そして一つ気合いを入れると、鍬を大きく振りかぶったのだった。


昨日の農作業で体が慣れたのだろうか。

今日は畑を耕すのが楽に思えた。鍬も軽く感じる。

昨日は少し耕しただけでもヘロヘロになっていたというのに、今は疲れもほとんど感じない。

たった一日で鍬を振るコツを掴んだのか？

俺にはそういう才能があったのだろうか。

いや、女神様が言っていたように、昨日はまだ新しい体に慣れていなかっただけかもしれない。

それ以外、昨日と今日でこれだけ体の感覚が変わる理由が思いつかない。

「スローライフのためならぁ、ざっくざくぅ♪」

あまりに調子がいいせいで、つい歌まで出てしまう。

「ふぅ。少し休憩しよう」

お日様が空の真上に達した頃。

額に浮かんだ汗を拭いながら、俺は冷たい井戸水を飲んで、日陰で休憩することにした。

それにしてもこの井戸水はとてつもなく美味しい。

「これで蕎麦とか打ったら、とんでもなく美味しいのができそうなんだけどな」

問題はこちらの世界に蕎麦があるかどうかだ。

女神様が『なるべく環境が近い世界』って言ってたから、存在している可能性は大いにある。

日本人としては、できれば蕎麦と麦と米は育てたい。

米はともかく、蕎麦の育て方なんて知らないし、ネットもないこの世界ではそれを検索することもできない。

しかし、この《緑の手》があればなんとかなると俺は思っている。

「もしかして、米も水田を作らずに、育てられたりしてな」

田んぼじゃなく畑で育つ稲穂の姿は、想像できないが。

「他の作物も育てたいけど、まずは女神様からもらった種が先だよな」

この成長速度を考えると、夕方にはもう実が生ってもおかしくはない。

そんなことを考えていると……

ポンッ！

突然、畑から何かが破裂するような音が響いた。

ポンッ！　ポンッ！　ポポポンッ！

連続して響いた音を聞いて、俺は慌てて腰を上げて、日陰から飛び出した。

「いったいなんの音だ？　って、なんじゃありゃ！」

畑に向かう俺の目に見えたのは、驚くべき光景だった。

休憩前にちらっと見たときには、三十センチくらいだった植物が、休憩している間に一気に二倍くらいまで、その背を伸ばしていたのである。

なんという成長の速さ。

ボンッ！

そして破裂音と共に、成長した茎の先に花が咲いていたのである。

花が咲くときに音が鳴る植物なんて、前世では聞いたことがない。

「……なんで花が咲くときに音が鳴るんだよ」

俺が混乱している間にも、次々と破裂音を立てて開いていく五色の花たち。

女神様からもらった五種類の種が、それぞれ美しい花を咲かせている。

俺が畑の側(そば)まで来た瞬間。

ボンッ！

残った最後の一本にも、見事な桃色の花が咲いた。

「綺麗だ……」

一列五本、それが五列。

五種類の花が咲く小さな畑に、俺は心を奪(うば)われた。

見惚れていたのも束の間。

「って、嘘だろ！　もう枯れ始めたぞ」

最後の一本が咲くとすぐ、赤・青・黄・桃・紫の五種類の花が、あっという間に萎れてしまったのだ。

そんな状況に困惑していると――

むくむくむくっ。

今度は茎から伸びた枝の先に実が生り始める。

異常な成長速度だ。

これが《緑の手》の本領なのか。

「花が咲いて、一瞬で枯れたと思ったら、もう実ができるとかありえないだろ」

俺はその小さな実に顔を近づけ、いったいどんな野菜ができるのかを確かめようとした。

「ちょっと待て、これって実じゃなくて種じゃねーか！」

驚いたことに枝の先にぶら下がっていたのは実……ではなく、蒔いた種と全く同じものだったのである。しかも、蒔いた五種類の野菜、全てがだ。

植物である以上、実が生ったあとに最終的には種になるのはおかしいことではない。

「だけど、実をすっ飛ばして種になるって、おかしくないか？」

いや、この作物は豆のような育ち方をする植物なのかもしれない。

しかし、豆はサヤに生って育つものだろ？

俺の目の前にぶら下がっているのは植えた種と寸分変わらない、種そのものなのだ。

一瞬、稲のような穀物なのかとも思ったが、もらったのは『野菜の』種だったはず。

もしかして野菜の種って話は嘘だったか、それとも女神様の勘違いだったのだろうか。

だとしても、五種類全部、育ち方が全く同じというのはおかしい。

これも《緑の手》の力なのか？

流石にそれはないと思いたい。

もしそうなら、作物を育てるとか以前の問題になってしまう。

「見た目は種と同じでも、食べたらちゃんと野菜の味がするとか……？」

俺は指先で種を一つ捻って取り、そのまま口の中に放り込む。

「うーん。ちょっとジューシーな感じはするけど、やっぱり今朝食った種と変わらないよなぁ」

パリポリ。パリポリ。

「やっぱりどれも朝に食べたのと同じ味だわ」

パリポリ。パリポリ。

「ふぅ、腹いっぱいだ」

こんな小さな種を十数個食べただけなのにお腹が膨れる。

昨日より少ない個数で腹が膨れたのは、採れたてで新鮮だからだろうか。

しかし、いったいこの種はなんなんだ？

「一旦全部収穫してしまおう。油断してるとこのまま枯れてしまうかもしれないし」

俺は部屋に戻ると、女神様にもらった小袋五つを持ってきた。

それぞれの袋に種類ごとに分けて、収穫した種を放り込む。

一本あたり二十個ほどの種の実がついていた。

種なのに実というのも意味不明だが、枝先にぶら下がっている姿は、そうとしか形容できないのだから仕方がない。

植物の見た目が、ひまわりとか、稲や麦のような形だったら違和感はあまりなかっただろうけど、どちらかと言えば苺とかトマトのような形状なのだ。

「とりあえずこれで全部かな」

全ての種を収穫し終え、残ったのは茎と葉だけだ。

「茎と葉も食べられるのかな？」

正直そんなに美味しそうには見えないけれど。

「少し食べてみるか。案外美味いかもしれないし」

俺はそう決めると、大きめの茎を選んで数本抜いた。

そして、井戸の水で洗った後、台所へ持っていく。

まな板を取り出して、包丁で根の部分を切り取った後に、茎を十センチくらいの長さで切り揃えていく。

炒めるか茹でるか少し悩んだけれど、今回は味を見てみるだけなので茹でておひたしにすることにした。

料理はあまり得意ではないので、上手くいくかはわからないが。

茎とざっくり切った葉を一旦水につけておく。

たぶんこれでアク抜きとかいうやつができるはずだ。知らんけど。

次に棚から鍋を取り出して、カセットコンロでお湯を沸かす。

本当ならコンロはいざというときのために温存しておくべきなのだろうが、これだけのためにいちいち火をおこすのも面倒だ。

さっき種を食べたせいで今はお腹も空いていないけど、新鮮な内に味見だけしておきたい。

「塩を少し入れるといいんだっけか？　パスタを茹でるときくらいの量でいいかな」

砂糖や塩やコショウなど、いくつかの調味料が入っている棚から、食卓塩を取り出しサラサラと入れる。

そういえば、こういう調味料もこちらの世界にはあるのだろうか。

黒コショウを黒いダイヤとか呼んでいるような世界だったら、この調味料たちを売れば大儲けできるかもしれない。

俺的には塩さえ残っていれば、コショウくらいは全部売っても構わないが、もしも塩がコショウより貴重な世界だったらどうしよう。

調味料がかなりの高級品で、全く買えない場合も覚悟しておかなくてはならない。

そんなことを考えつつ、水にさらしておいた茎と葉を軽く水切りしてから鍋に投入した。

菜箸でゆるくかき混ぜ、しんなりしてきたらザルに上げる。

最後に冷水にさらしてから、水気を絞って、皿に載せれば完成っと。

「まぁ、こんなもんだろ」

皿の上に青々とした野菜が、ただ茹でられて雑に盛り付けられている様は、『ザ・男の料理』って感じだ。

母親が使っていたレシピ本が棚の中にあったから、料理はその内覚えるとして、まずは試食だ。

「見かけは、ほうれん草のおひたしっぽいけど」

思い切って、口に放り込む。

「！！！？？？」

その瞬間俺の時間は止まった。


「はっ!?」

いったい何があったのか。

気がつくとすっかり日が暮れていた。

どこからか、昨夜と同じように遠吠えが聞こえる。

「ヤバイ。これはヤバイ食い物だ」

吹っ飛んだ記憶が徐々に戻ってくる。そういえば、種が生る植物の茎を食べたんだった。

俺は目の前の皿を手にし、裸足のまま庭へ飛び出した。

そして、庭の隅に置いてある生ゴミ処理ボックスの蓋を勢いよく開けて――

「どらっしゃあああああああ！」

皿ごと放り込む勢いで、中身をその中にぶちまけた。

「はぁはぁはぁ……あれはこの世に存在してはいけない食べ物だ」

月明かりの下、井戸水をガブガブ飲みながら俺はそう愚痴る。

体に不調はないから毒はないはず。

シンプルに不味すぎて意識を失ったのだ。

不味さで意識を失うなんて、食べ物とは言えない。

調理の仕方云々の問題じゃない。

「種は普通に美味しいのになぁ」

でも考えれば、実は美味しくてもそれ以外の部分は食べられない植物なんて普通に存在する。

栗だって桃だって、本体の木は食べられないわけで。

「どっと疲れた……今日はもう風呂とか沸かしてる時間もないし寝よう」

そうひとりごちると、俺は月明かりを頼りに部屋へ戻り、煎餅布団に潜り込んだのだった。

予期せぬ遭遇

「昨日は酷い目に遭った」

井戸で顔を洗った後、俺は家の裏に回り、風呂釜に火をつけて朝風呂の用意を始めた。

昨日は風呂に入れなかったせいで、少し汗が気になったのと——

「こまめに洗濯しないと、気づいたときには着る服がなくなるからな」

この世界では、現状電化製品は動かない。もちろん電気で動く洗濯機も動くわけがない。

となると手洗いしなければならないわけで。

「昔ドラマで見たような洗濯板はないから、手で洗うだけでしばらくはごまかそう」

その内ＤＩＹで洗濯板を作ってみるかな。

「さてと、ちょっと早めだけど、ぬるめの内に入ったほうがダメージも少ないし」

一昨日、薪風呂で火傷しかけたことを思い出しつつ、温度調節用にバケツ一杯の井戸水を持って、
俺は風呂場に入る。

風呂に入っている途中にお湯の温度が上がりすぎたら、この水を入れれば冷ますことができる。

前回のような失敗を繰り返さないための備えだ。

「湯加減はどうかな」

人差し指で湯の表面を触ってみる。

少しぬるめだが、体を洗っている内にちょうどいい熱さになりそうだ。

「それじゃあ贅沢な朝風呂いただきますか」

俺は一度風呂場を出ると、ここ二日で出た洗濯物をひとまとめにしてタライに放り込んでから、脱衣所に戻ってきた。

最後に、今着ている服も脱いでタライの中に入れ、風呂場に入る。

埃っぽい頭を洗い、続けて体を洗ってから湯船に浸かる。

「ふいぃ」

ちょうどいい湯加減に、体がとろけそうだ。

このまま何もせずに過ごしたいところだが、そういうわけにはいかない。

百数えるまで浸かったら、一度湯船を出る。

そして脱衣所から、洗濯物をタライごと風呂場に持ち込んだ。

洗剤と風呂のお湯をタライに入れて、まずは小さい靴下から手に取って、ゴシゴシと両手で揉むように洗う。

バリッ。

「ぎゃー、貴重な靴下がぁ！」

力を入れすぎたのか、靴下が裂けてしまった。

指先が少し薄くはなっていたが、まさか裂けるとは。

というか、靴下の指先を薄くするとか、こんなところまで詳細に再現してくれなくてもいいんだが。女神様のこだわりがわからん。

「手洗いって難しいんだな……やっぱり洗濯機は偉大だわ。流石、昭和の三種の神器様」

靴下はまだタンスの中にあるはずだが、そんなに沢山衣類は持っていない。

街で買えるようになるまでは大事に使わないと。

「思いっきりゴシゴシするのは止めよう」

俺はそれから三十分くらいかけて、なるべく優しくを心がけながら、全ての洗濯物を洗い終えた。

最後に自分の体に頭から湯をぶっかけ、汗を流す。

それから結局使うことのなかったバケツの水を、お湯が減った風呂桶の中に入れて終了だ。

「あとはこれを外に干せば終わりだな」

洗濯物を移し入れたカゴと、空っぽになったバケツを持って脱衣所の裏口から外に出る。

さっきまで着ていた衣類も洗濯し、着替えを用意するのを忘れたので、全裸で屋外に出てしまったが、こんな森の奥で誰が見ているわけもないだろう。そのまま物干し場に向かう。

カゴとバケツを一旦地面に置き、物干し竿をセットして、準備完了だ。

「そういえばこっちの世界でも竿竹屋とか存在するのかねぇ」

それ以前に竹があるかどうかもわからないけど。

大自然の中、暖かい陽気を全裸で感じながら、洗濯物を干す。

街中だったらただの変態さんだが、誰もいないこんなド田舎の森の奥だから問題ない。

露出プレイに興奮するような性癖があるわけではないが、それでも解放感があるのは否めない。

「くぅっ。この解放感、最高だな」

全ての洗濯物を干し終わった俺は、全裸のままラジオ体操を始める。

農作業を始める前に体を温めておきたい。

森の奥のスローライフは体が資本だ。

無理してぎっくり腰にでもなったら、助けを呼ぶこともできない。

「いっち、にっ、さん、しっ」

思いっきり背中を反らす。

「さん、しっ、ごぉ、ろくっ」という掛け声と共に体を前に戻した瞬間。

「あっ」

「あっ」

目が合った。

両手を腰に当てて、全裸のまま仁王立ちの俺。

そんな俺を、驚愕の表情で見つめる小柄な少女。

「や、やぁ。おはよう」

「いやあああああああああああああああああああああっ」

ですよねぇ。

森中に響き渡る少女の悲鳴。

俺は慌てて自分の部屋に戻って、適当な服を着るともう一度外へ飛び出した。

「あれ？　いない」

俺が服を着るまでにかかった時間は、ものの五分程度である。

「第一村人との遭遇が全裸って！」

しかも結構可愛い女の子だったぞ。

というか男側が全裸を見られるパターンって誰得なんだ。

森の泉で水浴びしている女性にばったり出会うとかは、前世のファンタジー小説で読んだことあるけど。

あ、もちろんそんな場面に遭遇したいなどという意図は断じてない。

そんなシーンあったなと思っただけだ。

混乱しておかしくなってきた思考を、俺は無理矢理元に戻す。

「それはそれとして、さっきの子はいったいどこからやってきたんだ」

俺が思っている以上に、街は近くにあるのだろうか。

だとすると、今日みたいに全裸で外をうろつくのは今後控えねばなるまい。

一時の解放感を求めたせいで、牢屋の中で長い間、閉塞感を味わうのは勘弁願いたい。

そんなことを考えていると突然。

「嫌ああああああああああっ、来ないでぇぇぇぇぇっ！」

どかーん！

目の前の森の奥から、甲高い悲鳴と同時に爆発音が響いた。

あれ？　普通にこちらの世界の言葉が理解できるんだが、これも女神様のおかげか？

「なっ、何が？」

この叫び声は、先程俺の裸を見て悲鳴を上げていた娘に違いない。

もしかして露出狂（俺）を見たショックで森の中に逃げ込んでしまって、何かに襲われてる？

だとすると間接的に、俺も加害者ということになるんじゃ……

「俺が全裸だったばっかりに、死人が出たなんて洒落にならんっ」

俺は急いで納屋から武器になりそうなものを探し出して、悲鳴の聞こえたほうへ駆け出した。

「頼むから無事でいてくれよ」

その思いだけを胸に、森の中へ駆け込む。

「あっちか？」

足場の悪い森の中を、自分でも驚くほどの速度で駆け抜ける。

前世の俺であったら、とっくに息切れしていただろう距離を全力疾走しているというのに、不思議と少しの疲労も感じない。

一日中野山を駆け回っていられた子供の頃のようだ。

いや、俺が覚えている限り、こんなに走ることができたことなんてなかったと思う。

女神様がオマケで体の強化もしてくれたとか？

来たばかりのときには、畑を軽く耕しただけでヘトヘトになっていたんだが。謎すぎる。

「見えた！　あそこだ」

森の中に入って、数百メートルくらいは進んだだろうか。

聞こえてくる少女の悲鳴を頼りに、俺はその場所に辿り着いた。

「キャアアアアアッ！　こっち来ないでぇ！」

木々の先に見えた空間に、飛び出した瞬間。

「キャアアッ！　《ファイヤーボール》ッ！」

耳をつんざくような悲鳴に続いて、そんな言葉が聞こえたかと思うと、燃え盛る炎の玉が突然俺に向かって飛んできた。

「うわあっ」

咄嗟に俺は横に飛ぶ。

僅かに髪の先を焦がしながら、火の玉が俺の顔の横を通り過ぎる。

ドンッ。バキバキバキッ。

そして後ろにあった大木にぶち当たって爆発し、太い木の幹をへし折った。

「ひえぇぇ。当たったら死んでたぞ」

もしかしてさっき聞こえた爆発音の正体はこれか？

「何するんだ、突然！　危ないでしょうが！」

ポッカリとひらけた空間の中央には、直径二十メートルほどの美しい池。

その側に俺が捜していた少女がいた。

「あ、あなたはいったい……」

彼女はさっき、確かに《ファイヤーボール》と叫んでいた。

つまり俺に向かって飛んできたあの火の玉は――

「魔法……か？」

ここは魔物が存在する異世界だ。魔法くらいあってもおかしくはない。

でも、なんで俺に向かって魔法を放ったんだろうか。

そのとき、俺は気がついた。

俺の数メートル横に、体長が二メートル以上もありそうな黒焦げの獣が倒れていることに。

「危うくこいつみたいに黒焦げになるところだった」

その姿を見て、心底ホッとしてつぶやく。

「ご、ごめんなさい。まさか人が飛び出してくるなんて思わなくて」

「まぁ、こんな化け物みたいな猛獣に襲われてたんだから仕方ないさ」

申し訳なさそうな表情で謝罪する彼女に、俺はできるだけ自然な笑顔を心がけながら応える。

「しかし、この森の中にこんな猛獣がいるなんて聞いてないぞ」

俺は彼女が倒した獣に目を向ける。

《ファイヤーボール》で焼かれて黒焦げになっているのでわかりづらいが、よく見ると元々黒い体毛に覆(おお)われているようだ。

姿かたちは巨大な猫のように見える。

「いや、猫というより豹かな。でも豹ってこんなに大きかったっけ？」

子供の頃に動物園で見た記憶しかないが、あのとき見た豹に比べて遥かに大きいんじゃないだろうか。

その巨体がピクリともしないところを見ると、彼女の魔法が致命傷になって、既に息絶えたらしい。

改めてあのファイヤーボールが自分に当たらなくてよかったと思いながら、俺はとりあえず獣の死体は放置して、少女のもとへ向かうことにする。

そして、数歩ほど彼女に向けて歩き出したときだった。

「危ないっ！　逃げてっ！」

「えっ」

彼女の切羽詰まった声に、咄嗟に横を見る。

目の端で、今まで微動だにしなかった、黒い死体が動くのが見え——

「っっっ!?」

俺は慌てて、手に握っていたガーデンフォークを振り上げた。

ガツンと何かがぶつかる音がしたかと思うと、ガーデンフォークを握っていた両手に、衝撃が伝わる。

「ッ……ヤバッ」

死んだふりをして、俺が油断するのを待っていたのか。

それとも気絶していただけなのか。どちらかはわからない。

しかし、確実にわかるのは、俺は今、黒豹に襲われているということ。

ギリッ。

俺は腕に力を込め、ガーデンフォークの先端に刺さった豹の手を持ち上げて、その巨体を——

ぽいっ。

森の奥へ投げ飛ばした。

「えええええええええええっ」

少女が驚愕に満ちた声を上げる。

「思ったより軽いな。攻撃も大したことなかったし、見かけ倒しすぎる」

やはり女神様の言う通り、凶悪な魔物はこの辺りにはいないようだ。

「いや、今の……ダークタイガー！　大型魔物ですよ！」

ダークタイガー？

もしかして豹じゃなくて虎だったのか、あの黒いの。

ネコ科の大型動物ってあまり区別つかないんだよな。

真っ黒で縞模様もなかったし。

それよりも、今この娘、気になることを言ってたな。

「えっと、ちょっといいかな」

俺はガーデンフォークを肩に担ぐと、少女を安心させるように、できる限り優しい声を心がけ、問いかける。

「今、魔物って言った？」

「はい。先程の魔物はダークタイガーといって――」

彼女は俺があの猛獣を投げ飛ばしたことに驚いているようだが、さっきの魔物は強そうな見かけに反して、簡単に払いのけることができた。

もしかしたらここはＲＰＧで言うところの、初期村くらいの位置なのかも。

「――なんですよ。それをあんなにいとも容易く投げ飛ばすなんて信じられない……」

ガサガサッ。

少女の話を上の空で聞き流していると、さっきダークタイガーを投げ飛ばした方向から、雑草を踏む音がした。

投げ飛ばしただけで倒せたとは思ってなかったけど、思ったより戻ってくるのが早かったな。

「さっきのダークタイガーが戻ってきたみたいだ」

「ひいっ」

異世界生活三日目。

今日俺は、生まれて初めて魔物との本格的な戦闘を経験することとなった。

ガーデンフォークを両手で握り直し、音のほうへ向き直る。

「魔物か……」

得物を握る手が緊張と恐怖で震える。

さっきは考える暇もなかったが、改めて戦闘をするとなると冷や汗ものだ。

ＲＰＧでよく出てくるスライム程度の強さだとしても、ここは現実。

直接当たらなかったからよかったものの、あの爪は脅威だ。

油断して急所に攻撃を食らいでもしたら、死ぬ危険性もあるだろう。

「鬼が出るか蛇が出るか……って虎だろうけどさ」

そんなことを言ってみるも、口の中はカラカラだ。

ガサッ。

「っ⁉」

予想通り森の中から姿を現したダークタイガーを見て、少女が恐怖で息を呑む気配を背後に感じる。

「やっぱりさっきのやつか」

俺が放り投げたときに折れたのか、左足の爪が数本なくなっている。

「グルルルル」

低い唸り声が響く。

「怪我してるんだし、そのままお家に帰って養生でもすりゃいいのに」

恐怖心をごまかそうとしてみたが、声が震えて逆効果にしかならない。

構えたガーデンフォークの先が、体の震えで揺れる。

ジリジリと近づきながら、襲いかかるように見せては引くことを、幾度も繰り返すダークタイガー。

俺に傷をつけられたことで、警戒しているのだろう。

今度も上手く攻撃を受け止められるとは限らない。

さっきは咄嗟に動けたが、あれは偶然だ。俺には武道の経験なんてない。

今までまともに喧嘩したこともない、ただのしがない元おっさんだ。

救いは目の前の魔物が、少女のファイヤーボールと俺の攻撃のおかげで、それなりにダメージを受けているということか。

微妙に足元がふらついているのはそのせいだろう。

俺と魔物の睨み合いは体感では数時間。

「ふぁ、《ファイヤーボール》ッ！」

突然そんな叫び声と共に、俺の横を火球が通りすぎる。

極度の緊張状態と恐怖に耐えられなかったのだろう。

少女が魔物に向けて魔法を放ったのだ。

「グガアアアアアアッ‼」

ダークタイガーは吠えると、火球を飛び越える。

そして無防備な彼女に襲いかかった。

「っ危ない！」

俺は咄嗟にガーデンフォークを投げ捨て、彼女をかばうように抱きしめて、自らの背をダークタイガーの攻撃にさらした。

冷静であればガーデンフォークでダークタイガーを突き刺すこともできたかもしれない。

だけど俺にはそんな余裕はなかった。

「グルアアアアアアアアアアアアア」

これは死んだな。

耳元で凶暴な魔物の声が聞こえた瞬間、そう思った。

できれば痛みもなく、一瞬で殺してくれ。

そして俺が食われている間に彼女を逃がすことができれば、俺のこの世界での短い生も無駄じゃなかったと言えるかもしれない。

僅か三日の異世界生活。憧れのスローライフよ、さらば。

できることならば、あの家と土地を誰かが見つけて俺の跡を継いでほしい。

俺が生まれ育った、思い出の家なんだ。

「グアアアアッ！」

痛っ。俺の背に魔物の爪がかすった。

何度も。何度も。

「うう……こいつ、なぶり殺しにするつもりか。いっそ早く殺してくれっ」

いたぶるようにジワリジワリ。

魔物の牙と爪が、何度も何度も俺の体を襲う。

ん？　なんだろう、これ。

先程から何度も何度もチクチクした痛みは感じるものの、想像していたような激痛が襲ってこない。

魔物に襲われているはずなのに、なんというかまるで――

「猫にじゃれつかれているみたいな……」

俺はそっと顔を上げて、様子をうかがう。

「ガアッ！」

その途端、チャンスとばかりに、ダークタイガーが俺の顔に向けて、力を込めて爪を振り下ろす。

「うわっ」

思わず両腕を上げて顔をかばおうとするが、どう考えてもあの鋭い爪を防げるとは思えない。

今度こそ死――

「ギャウッ！」

勢いよく上げた腕が、ダークタイガーの振り下ろした爪と衝突した刹那（せつな）――

バキッ！

ダークタイガーの凶悪な爪が、一瞬にして全て折れ、飛んで行った。

「へっ？」

その出来事に戸惑っている間に、ダークタイガーは体勢を立て直し、今度は牙を剥（む）いて、俺の腕に噛み付く。だが――

「どうなってんだ」

間違いなく今、俺の腕にダークタイガーが鋭い牙で、必至に噛み付いている。

そのはずなのに、噛み付かれている腕は、ちぎれることも、それどころか血すら流れていないのだ。

巨大な魔物に襲われているというより、猫とか犬に甘噛みされているようにしか感じない。

「もしかしてこれも女神様がくれた力なのか？」

森の中を走っているときにも感じたけれど、やっぱりそうだ。

俺は確信した。

女神様は『異世界でも最低限の生命維持ができるように、環境に順応した体』と言っていた。

女神様にとっては、これが『最低限の生命維持』ってことか？

俺が思っていたよりも、強靭な体にしてくれたみたいだ。

「ということは……つまり」

俺は腕に噛み付いているダークタイガーを一瞥すると、空いている腕をゆっくり後ろに引き……

「おらああああああああああああっ！」

気合い一発。

握りしめた拳で、思いっきりやつの顔面を殴りつけた。

その瞬間――

ぱんっ！

冗談みたいな音と共に、その顔面が風船のように弾け飛んだのだった。

◆　◆　◆

現在、俺は気絶した少女を背中に担いで家路についている。

意識を失った人間を運ぶというのは、かなり大変だと思う。

だが、女神様によって強化されただろう俺の体にとっては、造作もないことだった。

スキップしながらでも運べるんじゃないだろうか。やらないけど。

「しかし魔物って倒すと消滅するんだな」

殴った瞬間に破裂し、消え去ったダークタイガーの姿を思い出しながら、つぶやく。

「なんだかゲームみたいだよな。アイテムも出てきたし」

先程、俺はダークタイガーの頭部を弾き飛ばした。

その光景に、驚いて呆然としていると、まるで空気中に溶けていくように、ダークタイガーの巨体も、血すらも、全て消えてしまったのである。

そして魔物が消滅した後。

その場所には、直径五センチほどの鈍く光る丸っこい石が落ちていた。

「たぶん、魔石ってやつなんだろうけど」

ゲームではあまり見かけないが、前世のファンタジー小説では、魔物は魔石を落とすという設定が多かった。魔石は魔力を持った石で、道具なんかにも使われる。

もしかして魔物以外の普通の獣とかも、この世界では消えるんだろうか。

そして獣の皮とか肉とかも、アイテムとして手に入れることができるとか。

だとしたら、解体作業とかしなくていいから便利だよな。

「流石にそこまでゲームっぽい世界じゃないとは思うけど」

畑で育てた作物は普通に収穫したわけだし。

やっぱり魔物だけが例外なのかな。

その場合、動物の肉を手に入れるためには、解体しなければならないわけだが。

本の知識でしか、動物の解体方法について知らないな。

まずは首のところを切って、吊るして血抜きするんだっけか？

少し想像して気分が悪くなった。

俺はグロ耐性がかなり低いのだ。

ダークタイガーが霧散せず、頭が吹き飛んで血まみれの死体が残っていたらと思うと、正直寒気がする。

消えたからよかったものの、よく考えもせずぶん殴ったことを、今更ながらに後悔している。

あ、そうだ。魔物といえば、冷静になってから気づいた、不可思議なことがある。

俺がこの世界に来て三日目になるが、魔物と遭遇したのは今日が初めてだ。

女神様は『凶悪な魔物の生息域からはかなり離れている』と言っていたけど、弱い魔物は普通にいるっぽいよな。

実際にダークタイガーもいたわけだし。

家の近くに魔物がどれだけいるのかわからないが、今まで一度も襲撃を受けなかったのは何故だろう。

たまたま、俺が魔物に見つかっていなかっただけなのか？

この少女が、ほぼ丸腰でここまでやってきたところを見ると、この土地は女神様の言う通り、安全なのだろうとは思う。

この娘は一応攻撃するための魔法は使えるようだが、もし魔物がそこら中にいるのなら、一人で普段着のような格好のまま来るとは思えない。

「今まで魔物のこととかすっかり忘れてたけど、いくら弱くても猛獣がそこら辺にいるようなものだし、もし俺が寝ているときに家に突撃されていたら、ヤバかったな」

でも待てよ？

女神様が体を強化してくれたから、このあたりの魔物程度じゃ、特に俺はダメージを受けないのか。

弱い魔物しかいない上、強化もしてるから大丈夫ってことで、安全って言ってたんだな。

「いや、俺は無事でも家とか畑は滅茶苦茶にされるか」

なんせ家の周りを囲んでいるのは、犬でも飛び越えられそうな古い木の柵だけである。

この世界の動物や魔物がどれほどのものかは知らないが、先程のダークタイガーのような魔物には、全く役に立たないのは明白だ。

これは早急に何かしら対処しなければいけない。

畑に関しては魔物だけじゃなく、普通の動物に荒らされる可能性も高い。

前世で言う獣害ってやつだ。

といっても、たぶん納屋の中を漁(あさ)っても、出てくるのはトラバサミくらいのものだろう。

大量にあるわけでもないし、魔物に対してはそもそも効くとは思えない。

「実家があった場所は田舎だったけど、猪(いのしし)も鹿(しか)も猿(さる)もいなかったしな」

早めに街に下りて、効果的なアイテムを探したほうがいいかも。

魔物よけアイテムとかあってもよさそうだ。

それなら善は急げだ。

どうせこの娘が目を覚ましたら、街まで送って行かないといけないだろうし。

そのついでに、さっき手に入れた魔石を売って、その金で買い物してこよう。

それに、もしかしたらこのお嬢さんの家から、謝礼金をもらえるかもしれない。

「ボロボロになってるし、なんかパジャマっぽい服だけど、生地はかなり高級そうだ。もしかしたらお嬢様かも……？」

いや、でもいいところのご令嬢が、こんなところに一人で来るはずないか。普通だったら、護衛とか引き連れてるだろうし。

もしかしてあのダークタイガーに殺(や)られたとか？

でも、俺に会う以前にそんなことがあったら、いくら裸を見てしまったと言っても、俺に助けくらいは求めるはず。

いや、どうだろ。魔物と変態。どっちを選ぶかは、なかなか悩ましいものだ。

「とにかく話はこの娘が目を覚ましてからだな」

俺はずり落ちそうになっていた彼女を背負い直し、家路を急ぐ。

ほいっ、ほいっ、ほいっ。

来たときより軽い足取りで道を進む。

自分の体が強化されているとわかってから、本当に体が軽く感じる。

「よかった。方向は合ってた」

やがて木々の隙間から愛する我が家が見えてくると、足取りが更に軽くなる。

家に到着し、縁側に小走りで向かう。

これだけ激しく動いていても、背負ったお嬢様は一向に目覚める気配がない。

心配だが、息はしてるし苦しそうでもないから、たぶん大丈夫だろう。

「本当なら布団に寝かせてあげたいけど、かなり泥だらけだからな」

池の側で魔物と争っていたせいで、彼女は全身泥まみれだ。

幸い今日はまだ日が高く、ポカポカ陽気である。

このまま縁側に寝かせておいても風邪を引くことはないだろう。

「目が覚めたら風呂に入ってもらうとして、先に俺も体を洗い直すかな」

風呂の水は洗濯に使ったので、かなり少なくなっている。

彼女ほどではないが、魔物との戦いと、少女を背負ったことで、俺もそれなりに汚れてしまっていた。

彼女が目覚める前に先に風呂に入っておくべきだ。

そうと決まれば、彼女が目を覚まして先程の二の舞にならないよう、急いだほうがいい。

俺は縁側に彼女を置いたまま立ち上がると、風呂の準備に向かうことにした。

初めての自己紹介

「ふぅ。いい湯だった」

本日二回目のお風呂だ。

燃料のことを考えると、かなり贅沢をしている気がするが仕方ない。

元々あった薪も、この調子だと数日持たずになくなってしまいそうだ。

近い内に周りの木を切って、薪を作らなきゃいけない。

とはいえかなりパワーアップした今の俺なら、それくらいは軽くできるはずだ。

問題はライターがなくなったときの火だが、それは今度街に出て探すしかないだろう。

「節約しないといけないのはわかってるけどさ」

わかっているが、あのままベタベタドロドロでいるなんて嫌すぎる。

クソ冷たい井戸水で水浴びもしたくないし、お湯でなければ汚れも落ちそうになかった。

「飲むにはあの冷たさが最高なんだけどなぁ」

体を拭きつつ、脱衣所を見回す。

「着替えを部屋から持ってくるの、また忘れた」

今度から脱衣所には着替え一式を常備しておかないとな。

そんなことを考えつつ、俺は仕方なく全裸のまま着替えを取りに行くことにした。

ガラッ。

勝手知ったる我が実家だ。

俺は鼻歌交じりに脱衣所を出て自分の部屋に向かう。

そして、いつものように部屋の襖（ふすま）を開けて中に――

「あっ」

「あっ」

俺が襖を開けたと同時に、掃き出し窓が開いた。

そしてそこにいたのは……

「キャアアアアアアアアアアアアアッ！　変態ぃぃぃぃぃぃぃぃ」

「いやあああああああああああああっ！　えっちぃぃぃぃぃぃぃぃぃ」

先程まで、縁側で気絶していた少女だった。

靴を脱いで、彼女が窓から家に入ってきたところに鉢合わせしてしまったようだ。

もしかしてこれって、お礼をもらう以前に逮捕される案件なんじゃね？

ぱたん。

俺がそんな心配をしていると、突然目の前の少女が倒れ込む。

どうやらまた気絶したらしい。

「……突っ立ってる場合じゃない！」

俺は慌てて、うつ伏せになった少女に近寄る。

「よかった。息はしてる」

倒れた少女の背が動いているのを確認した俺は、ホッと胸を撫で下ろす。

「とりあえず服を着よう」

アンラッキースケベのせいで気絶した少女が目覚める前に服を着る。

とりあえずこれからどうするか。

目の前の少女に目をやる。

「うーん、うーん」

よほど怖い夢でも見ているのだろうか。

眉を寄せて、うなされている。

俺の裸を見たせいでないことを祈る。

「やっぱり高そうな服を着てるし、いいところのお嬢様っぽいけど」

風呂に入ってスッキリしたし、彼女は寝ているし、これはチャンスとばかりに、俺は改めて彼女の様子をうかがう。

全身ドロドロで、服もかなり汚れているが、綺麗な部分の生地とかデザインを見ると、やはりかなり高級品に思える。

まだこちらの世界で他の人に会ったことがないので、あくまで予想でしかないが。

もしかしたら、この服がこっちの世界では普段着の可能性もなきにしもあらず。

でも一度は滅亡しかけた世界らしいし、そこまで余裕のある暮らしはしてないんじゃなかろうか。

そういった情報も、今度街に出かけたら調べなきゃいけない。

「それにしても」

俺の全裸を見てその場で倒れた彼女だったが、その衝撃で、彼女に付いていた泥が飛び散り、部屋が悲惨な状態になっている。

「俺の部屋が大惨事だよ」

もちろん布団は洗わないと使えないだろう。

「目が覚めたらとりあえず風呂に入ってもらって、着替え……あっ」

着替えってあるのか？

この娘を見る限り、荷物など何も持っていないようだ。

俺の服を着てもらうとなると、上はまだいいとして、ズボンはサイズが合いそうにないし、下着は無理だ。

下着もつけずに、彼Tシャツは、流石に危険すぎる。

お風呂に入っている間に、泥だらけの服を洗って干してでは間に合わないだろうし……

電気さえ使えれば洗濯機で洗うことはできるが、我が家の洗濯機は昔ながらの二層式。

脱水機能はあっても乾燥機能はない。

いや、魔物に追われ襲われたせいで服はボロボロになっているから、洗うだけ無駄か。

「我が家にある服の中でこの娘のサイズに近いものを着てもらうしかないけど……」

そうだ、もしかしたら――

俺はよっこらしょと腰を上げると、自分の部屋を出て、廊下の先にある開かずの間に向かった。

「なつきの部屋に入るのは久しぶりだな」

なつき。それは、俺のあちらの世界での唯一の家族である妹だ。

真面目一辺倒だった俺と真逆で、彼女は自由奔放な性格でよく喧嘩をした。

その結果、扉には可愛らしいデコシールで『なつきの部屋入ったら殺す！』と文字が描かれている。それを見て、俺は苦笑する。

「もう俺は死んだから問題ないよな」

そういう話ではないとは思いつつ、十年以上開けたことのない扉を開く。

「ふぅ。予想通りだ」

開いた扉の向こうには、俺が最後に見た、中学時代の妹の部屋が再現されていた。

当時の俺が少し引いた、ファンシーでピンク色が溢れた室内。

灰色と茶色で埋め尽くされた俺の部屋とのギャップに、目が眩みそうになる。

キラキラしている配色。

そこかしこに飾られた可愛らしいぬいぐるみは、ゲーセン店員にクレーンゲームマスターと陰で恐れられていた妹が、自ら取ってきたものだ。

他にも乙女チックなものが色々と置かれていたが、男の俺には何が何やらわからない。

「さて。問題は……」

俺は目的であるタンスの前に立った。

一つ深呼吸をする。

そして、そっとタンスの一番下の段を引き出す。

「よかった。あった」

そこには色とりどりの下着がぎっしりと詰め込まれていた。

気絶した少女の下着問題をどうするか。

そこで俺が思いついたのは、妹の部屋ならちょうど合うサイズの下着があるのではないかということだ。

この部屋の中のものは、中学生時代のなつきのものだ。

だが、天地神明（てんちしんめい）に誓って、俺はタンスの中なんて覗いたこともない。

俺は変態ではないし、シスコンの趣味も一切持ち合わせてはいない。

ただ、妹が嫌がるまで、母親が普通に妹の下着だろうがなんだろうがリビングで畳んでいた。

そして、特に声のボリュームも抑えずに、『これ一番下の引き出しに自分でしまっといて！』と妹に言っていたのだ。

意識せずとも、それが俺の耳には入っていた。

女神様が俺の記憶をきちんと使ってくれていたなら、タンスの中身も入っているはず。

そう思ったからこそ、この部屋にやってきたのだ。

そして、俺はその賭けに勝った。

「あとはこの中の下着と服をいくつか見繕って風呂場に……」

ぎぃぃ。

俺が自分の推理が当たったことで嬉々として下着を選んでいると、背後の扉が音を立ててゆっくりと開く。

ハッとしてその音のほうを向いた俺の視線の先には——

「……」

泥だらけの少女が呆然と立ち尽くしていた。

「……ちゃうねん」

少女の瞳に映っている俺の姿は、きっと酷いものだったに違いない。

女性ものの下着を笑顔で物色する男だもんな。

「いや、違うんだ」

何が違うのか、自分でもわからない。

だが、こういうときはそんな言葉しか出てこないものだ。

「実はだな、これは、その……」

俺が慌てて事情を説明しようとしていると、彼女の口から意外な言葉が出た。

「なんなのですかこの部屋、とても綺麗です」

そんな感嘆の声だった。

「それに見たこともないものがいっぱい……」

彼女はボーッとした表情で部屋中を見渡すと、部屋の中に一歩入ろうとして、慌てて足を戻す。

自分が泥だらけだということを思い出したのだろう。

俺は下着ドロと勘違いされなかったことにホッとしながら、彼女に声をかけた。

「ここは俺の妹の部屋だよ」

「妹さんがいらっしゃるのですか？」

はてさてどう答えるべきだろうか。

もちろんこちらの世界には妹はいない。あちらの世界で、今も元気に生きているはずだ。

もしかしたら今頃俺の葬儀とか、その後の手続きに追われているかもしれない。

「ああ、昔は一緒に住んでたんだけどね。今は遠く離れたところにいて、別々に暮らしてるんだ」

嘘は一言も言っていない。

「この部屋を使っていた頃の妹は、君と背格好が大体同じくらいだったから、もしかしたら妹の服なら、君も着られるんじゃないかと思って、探しに来たんだけど」

俺の言葉を聞いて、彼女は泥だらけの自分の姿を見てから「お手数をおかけしてすみません」と頭を下げた。

「本当は君にこのタンスの中から選んでもらえたら、一番いいんだけど」

「この格好じゃこんな綺麗な部屋には入れません」

彼女がそう言って、首を横に振ると、髪の毛についた乾いた泥が廊下に落ちる。

本人はそれには気がついていないようだが。

「とりあえず着替えを渡すから、お風呂に入ってきなよ」

そう言いつつタンスの中から適当に下着と服を取り出して、妹が使っていた学校指定のスポーツバッグに詰め込んで彼女に手渡した。

「お風呂……あるのですか？」

恐る恐るといった風に、彼女はスポーツバッグを受け取ると、首を傾げる。

もしかしてこっちの世界だと、風呂って貴族みたいなレベルじゃないと家にないのだろうか。

前世のファンタジー小説だと、そういうパターンも結構多かった記憶がある。

「あるよ。そこの扉を開けた先がお風呂場」

「本当ですか！」

彼女の顔が一瞬にして喜色満面になる。

まぁ、この状況でお風呂は嬉しいよな。

そんなことを考えながら俺は彼女に風呂の詳しい説明をする。

「お湯はちょっと熱めにしてあるから、熱かったら中に置いてある桶の水で調節してね」

「はい。ありがとうございます！」

彼女はそう言うと一目散に脱衣所に駆け込んでいった。

見ず知らずの男の家だというのに警戒心はないのかね。

「まぁ、覗きとかはしないけどさ」

それよりも――

俺は彼女が走り去った後の廊下を見て、ため息をつく。

そこには彼女が残した泥の欠片が散らばっていた。

「さてと、その間に俺は泥だらけの廊下と部屋を片付けますか」

そうつぶやくと、掃除道具を取りに向かうのだった。


泥にまみれた廊下と部屋を掃除した後、外に出て、朝から庭に干しっぱなしにしていた洗濯物を取り込んだ。今日は天気がいいから、思ったよりも早く乾いた。

それからついでに畑に向かい、種の生る謎植物の様子を見ていると、家の中から彼女が俺を捜す声が聞こえた。

ちなみに昨日引っこ抜かずに放置してみた謎植物に、新しい種や実は生っていなかった。

それどころか既に枯れかけている。

どうやらこの野菜（?）は、一回しか収穫できないタイプのようだ。

俺は小腹が空いたときに食べようと持ち歩いていた種を、枯れかけの謎植物を引っこ抜いた後に埋めてから、室内に戻る。

昨日の成長速度がたまたまでなければ、これで明日また収穫できるはずだ。

玄関で軽く靴底の土を落とし、靴を脱いで自分の部屋に戻る。

すると、そこには可憐なお姫様がいた。

「助けていただいてありがとうございました」

畳に正座する彼女に俺は一瞬見惚れてしまう。

泥を落として綺麗にして、妹の少女趣味満載の服を着た彼女は、まるでアニメや映画の中から飛び出したお姫様そのものだ。

同じ服を妹が着ていたときはコスプレにしか見えなかったが、彼女が着るとしっくり馴染んでいる。

「ご迷惑をおかけしました」

そう言って頭を下げる彼女の、軽く束ねられたブロンドの髪が、畳の上にサラリと落ちる。

後で洗おうと思って、部屋の隅に追いやられた泥だらけの万年床。

その前に座る西洋美人との対比に、俺は現実感を失いそうになる。

「頭を上げてくれないか?」

俺がそう言うと、彼女が顔を上げてこちらを見た。

泥まみれのときはわからなかったが、彼女は俺が思っていたより大人の女性だった。

気になって年齢を聞いてみたところ、十九歳で今の俺と三つしか年が変わらなかった。

十九歳の彼女に中学時代の妹の服が合うのかと一瞬思ったが、問題なさそうだ。

妹は当時学年で一番背が高く、そのせいか、同級生からは、実年齢よりも大人びていると言われていた。洋服も同級生の女の子が着るものよりは、サイズが大きいものを選んでいた。

その反動で家の中では、逆に可愛らしいものばかり集めるようになってしまったのだが。

あの猛烈にファンシーな妹の部屋と少女趣味な服はそういうことである。

「謝ってくれたけど、もとはといえば俺が悪かった……みたいな。あの魔物に遭遇する原因を作ったのは俺……みたいな」

俺のそんな言葉に、彼女は一瞬不思議そうな顔をした。

そして、みるみる内に顔を紅潮させ、そっぽを向く。

まぁ、全裸でラジオ体操している男の姿を思い出したら、そういう反応になるわな。

余計なこと言っちゃったかな。

「い、いや。とにかく怪我もなさそうでよかったよ。うん」

彼女が照れているのを見て、俺は慌てて話題を逸らす。

見る限り彼女には外傷はなさそうだった。

それに妹の服もサイズがピッタリで一安心。

乙女チックでロリータっぽいデザインが彼女にはよく似合っている。

なお、典型的な日本人顔だったうちの妹がこれを着ると……

いや、本人がそれを気に入っていたなら、俺は何も言うべきではないな。

あまり覚えていないけれど、妹との関係にヒビが入り始めたのは、俺がデリカシーのない本心を伝えてしまったからだった気がするし。

俺が過去のトラウマを思い出している間に、少し落ち着いたのだろう。

まだ少し頬を赤らめている彼女が、俺のほうに向き直る。

「あのっ」

「はい。なんでしょうか？」

彼女のお姫様のような見た目に、ついつい丁寧口調になってしまう。

それにしても、冷静に会話したら彼女の口調はかなり丁寧だし、見た目に品があるし、やはり身分が高いお嬢様な気がする。かなり俺の主観が入っているが、意外と勘は当たるものだ。

変に馴れ馴れしくしたり、高圧的な態度で接したりすると後が怖い。

もちろん高圧的な態度を取るつもりはないが、下手に出ておいて損はないだろう。

「ここはいったいどこなのでしょうか？」

「俺の家だけど、何か？」

「いえ、そうではなくてですね」

ではどういうことなのだろうか。

森の中の一軒家です、とでも答えればいいのだろうか。

それくらいは彼女もわかっているだろうに。

なんたって森の中を彼女は歩いてやって来たのだし。

「ここはダスカール王国ではないのですか？」

ダスカール王国って、もしかしてこの家がある場所の国の名前かな？

この世界の名前以外、この地の情報はあの女神から何も教えてもらってない。

それってどうなんだよ。

確かにこの家と強化してもらった体があれば、スローライフは可能だろうけど、こっちの世界の基礎知識くらいは教えておいてほしかった。

「あの……」

不安そうな彼女の声を耳にして、意識を引き戻される。

さて、どうしたものか。

そもそも俺より、彼女のほうがこの地のことを知っているだろうに。

流石によく知りもしない土地を丸腰でお散歩なんてことはないだろう。

もしかして何か探りを入れられているのだろうか。

まぁ、森の中に見たこともない造りの家があったら怪しむわな。

俺だって森の中を彷徨(さまよ)ってる最中に、突然お菓子の家とか見つけたら、優しげな老婆が出迎えてくれたとしても、全力で逃げ出す自信がある。

かといって、本当のことを話しても信じてもらえるとは思えない。

とりあえずここは適当にごまかすしかないな。

「実は俺、生まれてからずっとこの森の中で暮らしてて、国とかよくわからないんだよね」

この世界に来てまだ三日目である。

転生してからずっとここにいるわけだから嘘ではない。

「一度も？」

「うん。一度も森の外にも出たことはないんだ」

他人に会ったのも、それどころか家の敷地外に出たのすら、今日が初めてだし。

「本当に？」

彼女が俺の目をじっと見つめてそんなことを聞いてくるので、俺は思わず目を逸らしてしまう。

あからさますぎただろうか。

嘘をついていないといえ、騙していいるようで心苦しい。

そう思って視線を戻すと、何やら思案している彼女が目に入る。

「どうして、ここがダスカール王国か、なんて聞くんだい？　森から出たことがない俺より、君のほうがよっぽどこの国には詳しいだろ？」

「それは……」

彼女はモゴモゴと聞き取れない独り言をつぶやいている。

何か言いにくい理由でもあるのだろうか。


「実はですね」

五分ほど待っただろうか。彼女が重い口を開いた。

「私、転送魔法装置の暴走で間違って森の中に飛ばされてしまったのです」

この世界には人を転送させることができる装置が存在しているらしい。

それがどういうものか詳しくはわからないが、もし俺にも使えるなら街と家を行き来するのが、ずいぶん楽になるに違いない。

しかし、暴走するのは怖いな。

「なるほど。それで俺の家の前にいたのか」

だとすれば、彼女はこの近くの住人ではないということだろうか。

すっかり、彼女に街までの道を聞いて、送り届ける気でいたが、それは無理そうだ。

結局、作物を売るための街は自力で探さないといけないのか。はてさて、どうするかね。

「そういう理由もあって、ここがどこなのか知りたかったのですが……」

「う～ん。本当なら近くの街か村にでも君を送って行って、そこの人たちに話を聞くのがいいんだろうけど」

「街が近くにあるのですか？」

「さっきも言った通り、俺は森の外には出たことがなくてさ。街があるのかすらわからないんだよね」

俺は頭を掻きながら「せめて近くに街道でもあれば、そこを歩いていけば人里に着くだろうけど」とつぶやく。

この家の周りに道らしきものはない。

彼女を助けるために森の中を走っている最中にも、獣道以外は存在しなかった。

「ありましたよ」

「えっ？」

「街道なら森にいるときに見かけました」

「まじで？」

彼女に詳しく話を聞くと、どうやら全裸の俺を見て驚いた彼女は、森の中を無我夢中で走って逃げたそうだ。

そのとき、木々の間から街道が見え、助けを求めようとそこを目指したらしいのだが。

「あと少しで森を抜けるというところで、あのダークタイガーに遭遇してしまって」

慌てて街道と逆方向に逃げ出した彼女は、あの池のあった場所に追い詰められて、そこに俺が現れたというわけだ。

俺は一通り彼女の話を聞いてから、思いついたことを口にした。

「それじゃあ明日、その街道まで行ってみようか。それで街の方向がわかれば街へ向かう」

「街へ行くのですか？」

「どうせ俺も街か村に出向く用事があったからな。ちょうどいい」

そう言ったところで、俺はふとお互いにまだ名乗っていないことに気づいて、彼女に手を差し出した。

「ところで、今更だけど君の名前を教えてもらえないかな？」

「あっ、そうでした。自己紹介もまだでしたね」

「俺は田中拓海、田中さんでも拓海さんでも好きに呼んでくれ」

「はい、わかりましたタクミ様」

彼女はお辞儀をすると、にっこり微笑んだ。

「私はエレーナ・キーセットと申します。よろしくお願いいたします」

そして、そう名乗ったのだった。

魔法の世界

近くの街か村に行く……か。

これから先、ここで生活していくためには、この地の人たちとの交流が必要だ。

家の中に残っていた元の世界のお金は、今ではただの紙切れでしかない。

育てた野菜を人里で売って生活費を手に入れる必要がある。

ただ、問題はあの女神様のドジで、まともな野菜が未(いま)だに一つもできていないということだ。

氷室の中の野菜を売るというやり方もあるが、それは最終手段に取っておきたい。

予定では、女神様からもらった種で野菜を育てて、それで生活するはずだった。

しかし、その種を蒔いて生えてきたのは野菜ではなく種だった。

種が生る種だけでは、とてもではないが商売になるとは思えない。

とはいえ、あれはあれで食べてみると不思議と腹持ちするし味も悪くないので、もしかしたらこの世界ではメジャーな食べ物なのだろうか。

というか種っぽい見た目だけど、実は野菜に分類されるとか?

そう思ってエレーナに尋ねてみたが「種のことを野菜だなんて言うわけないじゃないですか」と真顔で答えられてしまった。

「種の生える種って聞いたことあるか？」という質問には、「なんですか、それ？」と首を傾げられた。

昨日、畑で起こった出来事を彼女に説明すると、半信半疑ながら聞いてくれた。

「野菜の種なら売れるでしょうけど、そうでないなら買ってくれる人はいないと思います」

しかし、結局そう言われてしまった。

そりゃそうか。

森の中に自生している野菜もあるかもしれないが、見つけられる自信はない。

田舎に住んでいたと言っても、俺は現代っ子である。

野生の野菜なんて全く知識がない。

もしかしてとエレーナに尋ねてみたが、彼女もその手の知識は持っていなかった。

この世界の種の相場はよくわからないが、農家や店で買うとしても、お金がないとどうしようもない。

そもそも余所者（よそもの）に種を売ってくれるのかどうか……

「そうだ。エレーナさん」

「はい？」

「妹の部屋に置いてあるものの中から、それなりに高値で売れそうなものを見繕ってくれないだろうか？」

「よいのですか？」

「かまわない。どうせ俺には必要ないものだから」

「いえ、その……妹さんがお帰りになったときに怒られないのでしょうか？」

どうやら彼女は、妹がいつかこの家に帰ってくると思っているようだ。

だがそんな日は来ない。たぶん。

「妹はもうこの家には帰ってこられないくらい、遠くに行ってしまったんだ」

俺がそう答えると、彼女は一瞬ハッとした表情を見せた後、申し訳なさそうに目を伏せる。

これはあれだな。

きっと妹は死んだと勘違いしているに違いない。

実際は俺のほうが死んで、この世界にやってきたわけだが。

「まぁ、その……なんだ。気にしないでくれ」

「その……妹さんとの大事な思い出の品を、売ってしまってもよいのですか？」

いいも何も、正直妹の部屋の中なんて、記憶の底に埋まっていたレベルだしな。

この部屋にあるものに特に思い入れなどない。

しかし、そんなことを彼女に伝えたら、顰蹙(ひんしゅく)を買いそうだ。

「いいんだ。俺にはもう必要のないものだからさ」

「そうですか」

俺が少し悲しげな風にそう伝えると、彼女は何やら納得してくれたようで、「それではお任せください」と妹の部屋の中に入っていったのだった。

「どれもこれも初めて見る素晴らしい品物ばかりでした」

一時間後、リビングのテーブルの上に、彼女が選んできたものが並んでいた。

手鏡や使いかけの化粧道具、筆記用具などなど。

俺からすると、リサイクルショップに持っていっても、買い取り拒否されるであろう品々だ。

「本当にこれが売れるのか？」

「はい、間違いなく」

エレーナによると、価値が控えめなものを選んだらしい。

あまりに高価なものを持って行っても、こんな片田舎の街や村では買い取る力がない可能性が高いとのこと。

それどころか、そんな高価なものを持っていると、悪意ある者に狙われ、最悪の場合は命を失う危険も出てくるとか。

こんな森の奥の一軒家で、そんなやつらに狙われたらひとたまりもないだろう。

「タクミ様なら、そんな人が来ても撃退してしまいそうですけれど」

そう言って、エレーナは微笑む。

「いやいやいやいや。流石に魔物と人を相手にするのは違うって」

パンチ一発で魔物の頭が吹き飛んだのだ。

かなり手加減して殴らないと、殺してしまうだろう。

その力を人間相手に振るったらどうなるか。考えるだけで恐ろしい。

人は、魔物のように頭をふっとばしても消えてなくならないだろうし。

グロいのは苦手だ。

「さてと……」

外を見ると、そろそろ日が傾き始めていた。

俺一人だったら、今日もまたあの種を夕飯代わりにするのだが、女の子に食べさせるのはちょっと気が引ける。

「明日の準備は置いといて、ひとまず夕飯でも作るとするかね」

そういえば、あのとんでもない茎のおひたし以外に、この世界に来て料理らしい料理をしていない。

いや、あれは料理とは絶対言いたくないから、実質今日が初めてだ。

「氷室で食材を見ながら考えるとするか」

「あの」

「ん？」

「今からお料理をするのでしたら、私もお手伝いいたします」

果たしてこのお姫様のような見た目で料理ができるのだろうか。

それなら非常にありがたい。

俺の作れるものといったら、適当に炒めたり煮たりするようなものしかない。

男の料理というレベルにすら達しない、『とりあえず食べられればいいんじゃね？』って代物だ。

そうだ。彼女の魔法――

「一つお願いしてもいい？」

「はい。なんなりと」

「その竈に火をつけてほしいんだけど、君の魔法でできるかな？」

俺の前で彼女が見せた《ファイヤーボール》。

あのおかげで、この世界には魔法というものが存在することはわかった。

あとは魔法が、この世界において、どういった扱いをされているのかを知る必要がある。

一部の特権階級や才能のある者だけが使えるのか。

それとも日常的に、一般人も使っているのか。

前者ではなく後者だとして、勉強すれば誰もが使えるものなのか。

俺も努力次第で使えるようになるのならば、ここでの生活は格段に楽になる。

「はい。私、火属性の生活魔法は得意なんです」

どうやら攻撃魔法以外に、日常で使う生活魔法というものも存在しているようだ。

ダークタイガーと俺に向けて撃ったような、強力な魔法しか使えないとしたら、不便なことこの上ない。

俺がそれを習得できるのかどうかは、また明日、街に行く間にでも聞くとして、今は日が落ちる前に食事を作らなければならない。

「それじゃ、食材持ってくるから、先に火をおこしておいてくれるとありがたいな」

「わかりました。お任せください」

俺は竈の上に置いてあった木の板をどかしてから、ぐっと両手を握って気合いを入れる彼女をその場に残し、冷蔵庫の扉を開けて階段から氷室に下りる。

階段を下りた先にある氷室の扉を開き、中に入る。

相変わらず真っ暗で何も見えない。

開けっ放しにした冷蔵庫の扉から入る明かりもここまでは届かない。

俺はポケットからライターを取り出し、火をつける。

松明（たいまつ）とかがあったほうがいいのかもしれないけど、大きな火を燃やすと最悪の場合、一酸化炭素中毒や酸欠になったりする心配もある。

ここにはそういった危険をチェックするための機械などもないのだから。

父親が発電機とか買ってないだろうか。

でも、俺の頭の中には発電機があった記憶はない。実際、家の中と外を調べたときにもなかった。

となると、ここで使えそうなのも魔法か。

明かり代わりになる、光の魔法とか便利なものがあったらいいんだけど。

後でエレーナに聞いてみるか。

そんなことを考えつつ、心もとない明かりで氷室の中の食材を漁る。

「中華麺発見！　よし今夜は焼きそばにしよう」

どうせ手の込んだ料理なんてできやしないのだ。

エレーナの料理の腕も、実際どうなのかわからない。

その点、焼きそばなら麺と適当な野菜、そして調味料があれば簡単にできる……はずだ。

「キャベツにピーマン、人参に豚肉……って、いくら氷室が涼しくても、生肉とか消費期限は大丈夫だろうか」

ライターを近づけて確認してみるが、腐っているようには見えない。

よく火を通せば多少悪くなっていても食べられるかもしれないが、医者が近くにいるかどうかわからないのに、そんなチャレンジはできない。

「とりあえず上に持っていって、ヤバそうなら生ゴミ処理機に投入だな」

我が家の生ゴミ処理機は電動ではなく、コンポストの中に放り込んで放置するタイプだ。

しばらく置いておくと発酵して堆肥ができるから、畑仕事にぴったりである。

「そういや、あの茎もあの中に放り込んじまったんだよなぁ。毒の堆肥ができたらどうしよう」

茎だけ外に出すべきか。

悩みながら一通り焼きそばに必要なものを揃え、持ってきたビニール袋に詰め込んで台所へ戻るため、階段を上った。

氷室から外に出ると、竈の前にしゃがみ込んでいるエレーナが目に入る。

どうやらまだ火はついていないらしい。

魔法で一発かと思っていただけに、予想外の光景だった。

もしかして魔法って思っていたより発動に手間がかかるのだろうか。

長い詠唱が必要だとか。

でも森でダークタイガーと戦っていたときには、彼女は魔法名を叫んだだけで、何か詠唱してたようには思えなかったけど。

こっちも必死だったから、聞いていなかっただけかもしれない。

「エレーナさん。野菜とか肉とか色々持ってきたよ」

「早かったですね」

「急いで探したからね」

俺は手にしていたビニール袋を持ち上げて彼女に見せる。

そのまま作業台の上に食材を並べ、肉の色も匂いも問題なさそうなのを確認する。

「そろそろ火はつきそう？」

俺はキャベツを手に持ちながら彼女に尋ねる。

「あっ、はい。もう少しで魔力の注入が終わりますので」

魔力の注入？

俺は少し気になって、竈の前にしゃがみ込むエレーナの側に歩み寄り、その手元を覗き込む。

「ん？」

彼女は右手を竈に当てたまま、集中するように目を閉じている。

右手は不思議な淡い光に包まれていた。

何かしら魔法を使っているようだが、炎の魔法ではなさそうだ。

「なんだか綺麗な光だ」

思わず漏れたその言葉に、彼女は目を開く。

そして少しはにかむように微笑む。

「これで魔導コンロの準備はできました」

エレーナはそう言って、そっと竈から手を離した。

「準備？」

魔導コンロって言われても。

これはただの竈で、そんな大層な名前のものではないのだが。

それに準備できたと言っても竈の中に火がおこる気配はない。

昨日、あの悪魔の茎を調理した際の薪の燃え滓が残っているだけだ。

「魔導コンロってなんのこと？」

「魔導コンロは魔導コンロですよ？」

俺の問いかけに可愛らしく首を傾げたエレーナだったが、竈と俺を交互に見た後、ハッとした表情で俺にこう言った。

「もしかしてタクミ様は魔導不全症……」

「魔導不全症？」

俺が問いかけると、彼女は少し考え込んでから、「少しよいでしょうか」と言って、リビングに移動してテーブルにつくように促した。

対面で座ると、彼女が切り出す。

「少しお尋ねしたいことがございます」

「スリーサイズ以外なら答えるよ」

「スリーサイズ……？　なんですか、それは？　まぁ、今は大丈夫です」

緊張感を和らげようと冗談を言ってみたら、普通に流されてしまった。

ちょっとショック。

ていうか、この世界ではスリーサイズという概念はないのか。そりゃ、そうか。

でも『今は』ってことは後でなら聞きたいのだろうか？

まぁ、自分のスリーサイズなんて知らないけどさ。

それはともかく、やはり俺がこの世界に転生してきたこととか、女神様の話とかは伏せたほうがいいだろう。

突然そんなこと言っても信じてくれるとは思えないし。

「でも、なんでも答えるとは約束できないよ」

「それでもかまいません」

何やら真剣な表情だ。

エレーナはキリッとした顔をしているものの、まだあどけなさが残っていて可愛い。

「タクミ様は魔法を使うことができないのでしょうか？」

「えっ。あ、うん。たぶん」

「たぶん、ですか」

「ほ、ほらっ。俺ってこんな森の中で暮らしてるからさ。魔法とか勉強したことないんだよね。だから使う以前の問題というか……」

「ご両親から教わっていないのですか？　妹さんは遠くにいるとおっしゃっていましたけど、ご両親は今どこに？」

もしかしてこの世界では、魔法って親から教わるのが普通なのだろうか。

学校とかそういうんじゃなくて？

でも魔法のない異世界からやってきたなんて言えないし、どうにかごまかさないと。

「両親はもう亡くなったよ。教わるも何も、両親が魔法を使ってるのも見たことないんだよね」

「そうだったのですね……」

エレーナが悲しそうに目を伏せる。

「両親が亡くなったことについては、もう心の整理がついてるから気にしないで。そうだ、もしかしたらだけど、両親とも魔法を使えないか、ひょっとすると魔法が大嫌いだったんじゃないかな」

この世界の人間からすれば、俺の両親は魔物が棲むような森の奥に、無防備な一軒家を建てる変人夫婦だろう。

そんな変人であれば、魔法を嫌って山奥にこもった世捨て人という設定も、おかしくないんじゃないか。

どうして魔法を嫌うようになったのかとか、そういうことは知らぬ存ぜぬで通せばいい。

今回も、俺は一言も嘘は言っていないし。

元の世界には魔法なんて存在しなかったのだから、両親が魔法を使っているのを見たことがあるわけない。

目の前に座る彼女はそんな俺の目をじっと見つめた後、部屋の中を見渡してから、首を傾げる。

何かあるのか？

俺も同じように見回すが、特に変わったところはない。

この家は元の世界のものが多いから、彼女にとって気になることが多いのかもしれない。

特に妹のあの超ファンシーな部屋には、異様にテンションが上がっていたし。

「このお家なんですけど」

ん？

やっぱり何か怪しんでいるのか？

「誰かに借りているのでしょうか？」

「違うよ」

女神様が建ててくれたんだよとは言えないが、流石に賃貸(ちんたい)ではなかろう。

毎月あの女神様が家賃取り立てに来るとかシュールすぎる。

そういえばこの土地も俺のものでいいのだろうか？

この森にきちんと地主がいて、いきなり立ち退(たの)きを求められたら泣くぞ。

「では、このお家はご両親が建てられたのですね？」

「確か、かなり古い空き家を買って住みやすくリフォーム……じゃあわからないか。つまり、作り替えたって聞いてる」

それは向こうの世界での話だけどな。

街外れの土地だった上に、人が住まなくなって傷んだまま放置されていた古民家だったから、格安で買えたらしい。

更に地方の過疎化問題もあって、リフォーム助成金まで出たとか。

「それの何がおかしいんだ？」

両親が魔法を使わない、使えないことと、この家になんの関係があるのだろうか。

この世界では魔法を使えないと家も建てられないとか、何か謎の許可制度があるのだろうか。

訓練しても魔法が使えなかったら、もしかして俺はここから追い出される？

そんな心配をしていると、彼女は首を傾げ、不思議そうな顔をして口を開く。

「だとしたら、どうして家中に魔導器具が残っているのでしょうか？」

魔導器具と魔導回路

魔導器具？

エレーナの口から飛び出した単語は、初めて聞くものだ。

名前から連想するに、魔法で動く機械か何かだと思うのだけど、そんなものはこの家にはない。

彼女は家電製品をその魔導器具と勘違いしているのでは？

「タクミ様は、何故急いで食材を持ってきたのでしょうか」

「そりゃ、もう少ししたら日が落ちて、真っ暗になっちゃうからだよ」

「それはタクミ様のお父様やお母様がご存命のときも同じでしたか？」

「えっ」

そんなこと言われても、こっちの世界に来たときは既に一人だったからなぁ。

「きちんと明かりをつけていたのではないですか？」

「そ、それは……」

あっちの世界は普通に電気が通っていたからな。

流石にド田舎であっても電気のない生活は送ってない。

「家を作り替えた際に、魔導器具を残したのは、タクミ様のご両親が魔法を使うことができた証拠です」

「いやいや、それはないよ。母親が鍋に《ファイヤーボール》とか撃ってるところは、見たことないし」

「そういうものが魔法の全てではありません。それにそんなことをしたら、大変なことになりますよ。日常の中で攻撃用の魔法を使うのはお風呂くらいですかね」

「そりゃ、そうだろうけどさ、調節とかして日常的に使うんじゃないの？」

俺が首を傾げると、エレーナは椅子から立ち上がり、台所の入口へ移動して、俺を手招きした。

不思議に思いつつも俺は側に行くと、彼女がそっと壁を指し示した。

そこにはキッチンの電灯のスイッチがある。

「あれ？　なんだこれ」

スイッチのある場所をよく見ると、その下に何やら四角い、宝石のようなものが埋まっていた。

最初に電気がつくか試したけど、これには全く気がつかなかった。

エレーナはそっとその宝石に手のひらをかざす。

「見ていてくださいね」

彼女の手のひらが、ボワッと淡い緑色の光に包まれた。

さっき竈の前でも彼女は同じようなことをしていたな。

その不思議な淡い光に見惚れていたら、光に呼応するかのように、壁に埋まっていた宝石が淡い光を放ち始めた。

「君の魔法に反応してるのか？」

「私が今、この魔導回路に魔力を補充しているのです」

「補充ってまさか」

エレーナは俺の質問に答えるように少し口角を上げて、そっと宝石から手を離す。

そこにあるのは、淡く光を放つ宝石。

俺がそれをジッと見ていると、彼女はその宝石をちょんっと人差し指で触った。

「うわっ！」

その瞬間、薄暗かった部屋の中が、まばゆい光で満たされた。

「電気が……ついた」

「やはり魔導器具は普通に動作しますね」

これはいったいどういうことなのだろう。

目の前で起こったこと、そして彼女の今までの言動から考えると、まさか家の電化製品が、この世界でも使えるように、魔導器具に変更されている？

だったらなんで冷蔵庫だけが氷室になってんだよ。

女神様の基準が謎すぎる。ほんと意味がわからん。

野菜の種と間違えて、種の種とかいう変なものを渡してきたり、体を強化してくれたことを伝えてくれなかったり……

この家の仕組みだってそうだ。

知っておかなきゃならないことがいっぱいあるのに、何一つ説明されてないのは、本当に適当すぎる。

女神様への愚痴もほどほどにして、エレーナの疑問をなんとか解消しなくては。

彼女からすれば、魔導器具がたくさんある家に住んでいるのに、何も知らない俺という存在は、とてもおかしいに違いない。

勝手に人の家に入り込んだ不審者か泥棒と勘違いされてもおかしくない。

とにかく何かそれらしい理由を彼女に伝えないと、ファイヤーボールを食らう羽目になりかねない。

考えている時間はない。

俺はとりあえず頭に思い浮かんだ嘘を口にする。

「両親がいた頃は普通に魔導器具は使えていたんだ。だから、たぶん俺が見てないところで親父かお袋が魔力補充してたんだろうけど、これが魔法で動いてるなんて知らなかった」

そして、本当にわけがわからないという表情を作り、言葉を続ける。

「どうして両親が俺に魔法の存在を隠してたのかは俺にもわからないんだ」

かなり苦しい言い訳になってしまった。恐る恐るエレーナの様子をうかがってみる。

「もしかすると、タクミ様が魔法を上手く使えないことを知ったご両親が、それを不憫(ふびん)に思って、魔法の存在そのものを隠そうとした——だからこんな人里離れた山奥に家を建てて、外部との交流を絶っていたのかもしれませんね」

なんだかエレーナの中で独自の解釈が生まれているようだが、なんとかごまかせたっぽい。

これ以上疑問を持たれないように、早く話題を変えよう。

「でも魔導不全症の方々も街で普通に暮らしていますし、魔法の存在を隠す理由としては弱いですかね。だったら何故……」

エレーナの思考が、俺の都合の悪いほうに向かいそうなのを感じ、慌てて彼女の名を呼ぶ。

「エレーナさん」

「はい、なんでしょう？」

「とにかく、エレーナさんがそうやって魔力を補充してくれたら、この家の家電は全部動くってことでいいんだよね？」

「家電ってなんでしょう？」

「あ、いや魔導器具だっけ。それのこと」

「壊れてなければ、動くと思います」

「まじで？」

俺は内心でガッツポーズをする。

これで洗濯も掃除もかなり楽になる。洗濯板も作らなくて済む。

「そういえば竈にも魔力を注入してたよね」

「はい、火をおこせるようにしておいてほしいと頼まれましたので」

「なるほどそういうことか」

家電以外でも、宝石がついているものだったら、魔力を補充すれば使うことができるんだな。

エレーナが補充してくれれば、レンジとか洗濯機とかテレビとかも使えるってことなのか？

でも使ったら、きっとその補充された魔力って減るよな……

今はエレーナがいるからいいとしても、彼女を人里まで送り届けた後はどうすればいいんだ。

「エレーナさん、もう一つ聞いていい？」

「はい、どうぞ！」

「俺もその魔力補充ってやつはできるのかな？」

「タクミ様が魔導不全症でなければ……できると思います」

「本当に？」

よっし！

この森の中での、サバイバルスローライフに希望が出てきたぞ。

「さっきも言ってたけど、魔導不全症ってなんなの？」

言葉の響きからして嫌な予感しかしないんだが。

「タクミ様がこの家の魔導器具を使えないと聞いて、最初に私の頭に浮かんだのが、魔導不全症なのです」

「名前から察するに、それって魔法が使えない人のこと？」

「はい。正しくは、自ら魔力を生み出せないことをそう呼んでいます」

「それって、この世界では珍しい病気なのかな？」

病気かどうかはわからないけど。

「そうですね……大体数百人に一人は魔導不全症と聞きますから、それなりにいらっしゃるはずですが」

「結構普通にいるもんなんだな。俺はてっきり何万人に一人くらいだと思ってたよ」

「魔導不全症の方々は魔法は使えないのですが、何かしら他の人と違う、優れた力を持っていらっしゃることが多いのです」

「優れた力？」

魔力を代償にして、何か別の力を得て生まれてくるイメージかな。

もしかしてそれって、女神様が送り込んだ人たちなのではなかろうか。

それもいつか確かめないといけないな。

「タクミ様がダークタイガーを倒した力も、そういうものではないかと思ったのです」

「だとすると俺は魔法を使えない代わりに、別の力を持っている可能性が高いってことか。そうなると補充できないんじゃ、魔導器具も宝の持ち腐れだな」

魔導不全症の人たちが魔導器具を使うときはどうするのだろう。

そう疑問に思い、エレーナに尋ねてみる。

「大体は家族や近所の人が魔力を補充できますので、問題ないです。街や村には、一人暮らしの方のために、魔力補充を専門で行う方も何人かいて、定期的に巡回していらっしゃいますね」

なるほど。あれか。

灯油とかプロパンガスを届けて回る会社の人みたいな感じなのね。

もし俺が魔力補充できなかったら、そういう人を呼んでやってもらうことになりそうだ。

ただ、ここがその人の住む街からどれくらいの距離があるのか。

そもそも出張補充してくれるかも謎だ。

たとえしてくれても、とんでもない金額だったら、諦めて闇夜の生活に慣れるしかない。

「それで俺がその魔導不全症かどうかって、エレーナさんにはわかるの？」

「わかりますよ」

何から何まで便利な娘さんだ。

彼女が我が家にいる間に、必要なことを色々聞いておくべきだな。

本来ならあの女神様が前もって教えておいてくれればよかったんだけど……

「じゃあ、調べてもらってもいいかな？」

「わかりました。それでは両手を開いて前に出してください」

「こう？」

俺が両手を前に差し出すと、彼女はその手をぎゅっと握りしめた。

こんな可愛い子と手を握ったことなんて、生まれて初めてで少し緊張するが、真剣な表情の彼女を見て冷静になる。

これは診察。これは診察で彼女に他意はないんだ。

心の中でそう繰り返して数分経った頃、彼女が「ふぅ」と息をついてから、俺に笑顔を向けた。

「調べましたが、タクミ様は魔導不全症ではないようです。ただ……」

一瞬喜んだものの、最後の不穏な言葉が気になって先を促す。

「何か問題でもあるのかな？」

「はい。タクミ様の現在の魔力量はかなり少ないみたいなんです。私に感じ取れた、タクミ様の魔力はごく僅かでした」

「えっと、それって俺の魔力量だと魔力補充ができないとか？」

「一応できると思いますが、かなり時間がかかってしまいますし、最悪意識を失って倒れてしまいますね」

そっか。

自分での魔力補充は、今のところ諦めるしかないってことか。

それでもゼロでないなら、特訓すれば量が増えるかもしれないし、希望は持っておこう。

一通り魔導不全症についてエレーナに聞いた後、今度は魔導器具の使い方を教えてもらうことにした。

まずはエレーナに魔力を補充してもらった魔導コンロの使い方からだ。

「これって俺でも使えるの？」

「ええ使えますよ。その魔石に触れて『点火』と念じればいいだけです」

「ああ、電気のスイッチの下にもついてたこの宝石みたいなのは、魔石だったんだ。使い方はわかりやすいな、じゃあ消すときは『消火』でいいのかな」

「そうです」

淡く光る竈の正面についた魔石に指先を当て、『点火』と念じた。

ぼわっ。

思ったより強い炎が、竈の底から吹き上がった。

あまりの勢いに一瞬たじろいだが、すぐにちょうどいい火加減に落ち着いた。

魔力の補充はできないものの、使うだけなら、魔力がほぼない俺でもできることがわかって内心ホッとする。

「びっくりした」

「私もびっくりしました」

振り向くと、エレーナが目を丸くして驚いていた。

「先程補充したときに、少し魔力を込めすぎてしまったのかもしれません」

「火加減の調節とかできるの？」

料理によっては強火と弱火を使い分ける必要がある。

「さっきと同じように魔石に手を当てて念じればできますよ」

「やってみる」

俺は魔石に手を当てながら、弱火にしたり強火にしたり色々試してみた。

強火にしすぎて、一瞬火事になりかけて大慌てで消火するなど、ドタバタしながら使い方を教えてもらっている内に、すっかり日が暮れてしまっていた。

「ま、まぁこんなもんだろ。魔導コンロの使い方は大体理解したはずだ」

「一時はどうなることかと思いました」

エレーナが疲れた表情で、台所に置いてあった椅子に座り込んでいる。

くぅ。

不意に彼女のお腹から、そんな可愛らしい音がした。

「あっ、これはそのっ、朝から何も食べてなくて……」

エレーナは自分のお腹を両手で押さえて、下を向きながらそう言い訳する。

耳が真っ赤になっているところを見ると、相当恥ずかしかったようだ。

そういや夕飯はこれから作るんだったな。

「俺も腹減ったから、三日ぶりにまともな食事を作るよ」

さっきはエレーナに料理をしてもらおうかななんて考えていたけど、一応お客さんだし、やっぱり今日は俺が作ることにした。

「三日って、そんなに何も食べていなかったのですか？」

「いや、色々忙しくてさ。ずっと種ばかり食べてた」

「種って……食べ物なのですか？」

「それが不思議と美味いし、思ったよりお腹いっぱいになるんだよ」

訝しげな彼女を横目に、焼きそばの準備を始める。

持ってきた野菜を適当にざく切りし、フライパンで肉と一緒に炒めてから麺を放り込む。

麺が野菜の水分で少しほぐれてきたら、ソースをぶっかけ混ぜる！

混ぜる！　混ぜる！　もういっちょ、混ぜるっ！

「なんだかとっても美味しそうな香りがします」

「そうだろう、そうだろう」

空腹のときに嗅ぐ、焼けるソースの香りは格別だ。

焼きそばの味については九十パーセント、ソース頼みと言っても過言ではない。

他にも胡椒とか使ったほうがいいのかもしれないけど、これで十分美味いはずだ。

「さぁ、もうすぐ出来上がるぞ。エレーナさん、そこの棚から大きめのお皿一つと、小さめの取り皿を二つ出して、一番広い部屋のテーブルの上に置いてくれる？」

「は、はいっ」

ソースの香りにうっとりとしていたエレーナが、俺の声で我に返って、慌ててお皿を取りに行く。

さて、この間に俺は懐から、種が入った小袋を密かに取り出す。

「彼女には種を食べるって習慣はなさそうだったけど、隠し味で少し混ぜてみよっと」

種を包丁で細かく砕き、フライパンに投入。

一分ほど軽く炒めて完成だ。

俺は魔導コンロの火を『消火』と念じて消した後、フライパンを持ってリビングのテーブルへ向かう。

「お皿、これでよろしかったでしょうか？」

二人分の焼きそばを持って行くと、エレーナがテーブルの上に、大小三つのお皿を並べて待っていた。

我が家では、焼きそばは一人分ごとに分けずに、真ん中にドンと置いた大皿から、それぞれ食べる分を自分の皿に取り分けるスタイルである。

「おっけー、おっけー」

ＯＫって言葉が通じるのかどうかわからなかったが、どうやら雰囲気で通じたようだ。

俺は来上がった焼きそばを、フライパンからドバッと大皿に移す。

もわっと湯気が立ち上り、ソースの香りが部屋中に広がった。

くぅ。

エレーナのお腹も、その香りに反応して音を鳴らす。

赤面して慌ててお腹を押さえるエレーナは、年相応に見えて可愛かった。

「それじゃあ最後の仕上げと参りますか」

エレーナを横目に、俺はあるものを取り出す。

「あってよかった鰹節（かつおぶし）」

戸棚から、小分けにされた鰹節を一パック持ってきていたのだ。

「我が家は最後に鰹節を振りかける派なんだよね」

どばばばっ。

熱々の焼きそばの上で、鰹節が舞い踊る。

「なっ、なんですかこれっ。動いてます！　生きてますよっ」

エレーナはうねうね動く鰹節を初めて見たようで、一歩引いて青ざめた表情をしている。

確かに、何も知らない人が初めてこれを見たら、そうなるのもわからなくはない。

「大丈夫だ。これは別に生きてるわけじゃないから」

「そうなんですか？」

恐る恐る大皿を覗き込む彼女を微笑ましく思いながら、俺は席に着く。

やがてうねうねした動きも収まり、鰹節がしんなりした頃、彼女もようやく対面に座った。

「それじゃあ、食べようか」

食卓に置かれている容器に刺さっていたフォークを彼女の前に置き、自分は箸を取る。

「タクミ様は箸が使えるのですね」

「えっ、箸を知ってるの？」

「はい、書庫にあった本で見たことがあります。実際に使っている方を見るのは初めてなのですが」

前世のファンタジー小説でよく見るパターンだと、こっちの世界にも日本に似た国があって、その民族が使ってるなんてことがある。

もしかしたら女神様がこっちの世界に送り込んだ能力者の中に日本人がいて、広めたのかも。

まぁ、あの女神様が転生させているのが、俺の元いた世界からだけ、とは限らないが。

「美味しいです」

エレーナは焼きそばをフォークでパスタのようにぐるぐる巻きにして、頰張っている。

満足げな声でそう言った、彼女の顔はとても幸せそうだ。

「そうか、それならよかった」

俺は両手を合わせて「いただきます」と言ってから、エレーナに続いて焼きそばを食べる。

美味い。

下手に調味料を入れるより、素朴(そぼく)な味が一番だ。

まぁ、まともな料理の腕もない俺じゃあ、工夫なんかしたら最悪危険物になる。

とか言いつつ、砕いた種を密かに隠し味で混ぜたんだった。

素人のアレンジは失敗に終わることが多いが、これは上手くいった。

麺に絡んだ種の食感がアクセントになっているし、シンプルな味の焼きそばに味が足されて、予想外の美味さだ。

エレーナはそもそも焼きそば自体初体験だろうから、元々そういうものだと思って食べている。

しかし、俺にとっては新食感である。

もしかしてこの種って料理に使うと最高にいい食材なのでは？

エレーナも美味しそうに食べてくれているし、料理に使えることをアピールすれば、この世界で種が売れるんじゃなかろうか。異世界でビジネスチャンス？

でも俺はスローライフを求めてるのであって、仕事がしたいわけじゃないからな。

そんなことを考えつつ、空きっ腹に焼きそばをかき込んだのだった。

女神ちゃんねる

「片付けは私がしますね」

食後の休憩の後。

エレーナは空になった食器を持ってシンクへ向かった。

「井戸から水汲んでこようか？」

女の子に水を汲むような重労働はさせられない。

家の中は電灯がついていて明るいが、外はもう真っ暗闇だ。

またダークタイガーのような魔物が現れるかもしれない。

「水でしたらここから出ますよ」

「えっ」

エレーナのその言葉を聞いて、エレーナと共に台所のシンクに移動する。

すると、前に俺が使おうとしたときには一滴も出てこなかったのに、蛇口から水が流れ出しているではないか。

「これってもしかして……」

「はい、これも魔導器具です。私が住んでいた家にも似たようなものがありましたし、使い方も同じでした」

電化製品と竈だけかと思ったら、水道も魔導器具だったのか。

いったいどういう仕組みで動いてるのかわからないけど、まぁ魔法ってそんなもんか。

他にはどんな魔導器具があるのだろう。

というわけで台所での皿洗いを終えたエレーナと一緒に、俺は家の中の使えそうな魔導器具を見て回ることにした。

ついでに魔力補充が必要なものを見つけたときは、その都度彼女に補充してもらえば、二度手間も省けるという寸法だ。

とはいえ魔力は使えば使うほど減ってしまう。

もしかしてエレーナに無理をさせることになってしまうのではないかと、俺は心配していた。

だがエレーナは俺と違い、かなりの魔力量があるようで、ほとんど全ての魔導器具の魔力を補充してくれたというのに、「まだまだ平気です」と笑みを浮かべていた。

俺ならどれか一つでも補充をすれば、魔力切れになって気絶するらしいのに。

この世界の基準がわからないから、彼女がすごいのか俺が酷すぎるのか不明だが。

「エレーナさんのおかげでやっと人並みの暮らしができるよ」

「お役に立てて嬉しいです」

特に洗濯機が使えるようになったのは本当に嬉しかった。

他にも、掃除機も地味にありがたい。

昼の段階で掃除機が使えたら、彼女が部屋と廊下にばら撒いた乾いた泥の欠片を掃除するのに活躍しただろうに、残念だ。

それから……

「この板はなんでしょうか？」

エレーナが俺に問いかける。

俺たち二人はリビングにやってきていた。

そして目の前にあるのは――

「テレビって道具なんだけど、やっぱり知らないか」

「テレビですか。タクミ様のお家には初めて見るものがたくさんありすぎて、だんだん驚かなくなってきました」

お風呂から出た直後は、エレーナはこの家のあらゆるものに興味を示して声を上げていたが、今は落ち着いているところを見るに、割とすぐにこの家の環境を受け入れることができたようだ。

洗濯機や竈、それ以外にも、見た目こそ違うものの、彼女の家にも似たような使い方をする魔導器具があると言っていた。

もしかしたらこの世界は、俺が思っていたより文明が進んでいるのだろうか。

それならテレビに代わるものも普通にあるかもと思ったのだが、それはないらしい。

「とりあえず魔力を補充してみますね」

番組が放送してなくてもＤＶＤを見るとか、妹の部屋にあったゲーム機を持ってきて、ゲームをすることくらいはできるだろう。

スローライフといっても娯楽は必須だ。

今のところまだ三日目でドタバタしてるから気が紛れているが、時間潰しできるものが何もなくては、いずれ辛くなるはずだ。

しかし、家の中にあるDVDやゲームがこの先、新作に更新されることはないから、それに飽きたら終了だが。

簡単にスローライフがしたいって言っちゃったけど、そう考えるとネットもない異世界でのスローライフって暇すぎる。

「補充完了しました」

「ああ、ありがとう」

さて、一応電源……魔源？　が入るかどうかだけ確かめておこう。

俺はテレビの前に置いてあったリモコンを手にして、そこについている魔石を押した。

パチン。

テレビから電源の入る音が聞こえ、やがて右上に『1』の文字が現れる。

少し型の古い三十二型のハーフハイビジョン液晶テレビなので、画面が映るのに時間がかかる。

「わぁ、何か文字が浮き出てきました」

「チャンネルナンバーだな。って……やっぱり映らないか」

「この板に何か他にも出てくるのですか？」

「まぁ、色々とね」

ここでテレビの説明を始めると長くなる。

電波もないだろうからＤＶＤかゲーム機を繋げないと説明もできない。

「試しにチューニングでもしてみるか」

俺は設定画面からオートチューニングを選び、ボタンを押す。

その間、「絵が動く石版なんて初めて見ました。すごいです！」と騒ぐエレーナ。

テレビを知らない世界の人間からすると、これは文字や絵が動く石版なのか。

やがてチューニングが合った瞬間、予想外の自体が起こった。

「た、タクミ様っ！　何か絵が！」

「まじか、電波あるのかよ」

突然切り替わった画面。

そこに映っていたのは真っ白な風景。

ただ、これはどう見てもテレビ番組ではなさそうだ。

映像が映ってから、画面内ではなんの動きもないのだ。

でも俺はその景色に見覚えがあった。

「これって……」

物珍しそうに、俺に説明を求めてくるエレーナ。

しかし、俺にはそれに答えられるほどの心の余裕はなかった。

真っ白な何もない風景の中に、ぽつんと机と椅子が置かれている。

やがて画面外から一人の美女がやってきて、その空間にある椅子に座った。

「えっ、ええっ！　女の人がいます！　しかも、動いてますよ！」

この景色が見覚えのあるものでなかったら、俺はエレーナの無邪気な反応に喜んだかもしれない。

だが、俺の目はテレビを凝視したまま動かない。

動けない。

「綺麗な女の人……」

画面の中に登場し、どこからか取り出したティーセットで、突然一人お茶会を始めたその女性の美しさに、エレーナは見惚れているようだ。

「女神様!!」

ガタン！

俺はテレビを両手で掴むと、その画面に映る女性——女神様に向かって呼びかけた。

その声が聞こえたのだろうか。

画面の中、優雅に紅茶を一口飲んだ彼女がこちらを見る。

一瞬、画面の中の彼女と、俺の目が合う。

そして——

ぶふぅぅぅうぅぅうぅぅうぅぅぅぅう!!

画面の中の女神様が、口から盛大に紅茶を噴いた。

それはもう盛大に。

「えっ、えっ。何故、どうして」

噴き出した紅茶で、高級そうな白い服にシミを作った女神様が、画面の中で慌てふためいている。

プチン。

突然画面が真っ暗になった。

いったい今のはなんだったんだ。

あの様子だとさっきの映像は生放送で、しかも向こうからもこっちが見えてたということか。

テレビだと思ったら、双方向から通信できる、いわゆるテレビ電話だったようだ。

「あの、今のはいったい……」

エレーナが恐る恐るといった風に問いかけてくる。

「俺も何がなんだかさっぱりわからないんだ」

ここは正直に伝えることにした。

実際、俺に説明できることはないのだから、こうやって言うしかない。

「そうなんですか」

俺は手元のリモコンで、真っ暗なまま何も映らなくなったテレビの電源をオフにする。

エレーナと女神様を接触させるのはあまりよくない気がするから、俺一人のときにまたテレビをつけて女神様に話しかけてみるか。

「さて、そろそろ寝よう。明日は街に行かなきゃならないしね」

「え……ええ、そうですね」

「君は妹の部屋を使ってくれ」

「あのお部屋ですか？　とっても可愛いベッドがありましたけど、使っていいのでしょうか？」

「かまわないよ。どうせもう妹が使うこともないし」

「あっ……」

俺の言葉に彼女が少し表情を曇らせる。

そうだ。彼女は俺の妹が亡くなっていると勘違いしているんだった。

「いやいや、妹は元気にしてる……はずだよ。ただこの家にはもう戻ってこないだけでね」

「そうですか」

その言葉に安心したのか、エレーナは笑顔を取り戻し、「それでは、おやすみなさいませ」と軽く会釈してから妹の部屋へ向かった。

彼女の背中に「着替えとかも妹のを好きに使っていいから」と、ひと声かけて、俺は何も映らなくなったテレビを見つめる。

バタン。

妹の部屋の扉が閉まる音がした。

「それじゃ、俺も寝るか」

自分の部屋に戻ろうとリビングの椅子から腰を上げたとき。

プツン。

確実に電源を落としたはずのテレビが勝手に動き出した。

こんなことができるのはあの女神様くらいだろう。

それ以外だったら怖いけど。

考えている間に、画面に先程見た景色が映る。

中央には着替えてきたのか、シミ一つない白い服を着ている女神様がいた。

全く同じ服に見えるけど、あれユニフォームとか制服みたいなもので、何着も同じ服を持っているのだろうか。

しかし純白のドレスっぽい服を着た、楚々とした様子は、さっきの慌てた姿がまるで幻だったかのように神々しい。

「でもまぁ、今更取り繕われてもなぁ」

俺がボソッとつぶやいたのが聞こえたのか、女神様の眉間にシワが寄る。

すぐにアルカイックスマイルを浮かべるが、その口元も心なしか引きつっている。

「……お久しぶりですね」

「久しぶりっていってもまだ何日も経ってませんけど？」

俺がそう答えると、女神様の眉間のシワがちょっと深くなった。

「……」

「……」

二人とも沈黙。

このままでは埒が明かない。

「それで女神様、この状況はいったいなんなのですか？」

黙ったまま口を開きそうにない女神様に、俺から問いかけてみた。

「これは『女神ちゃんねる』と言いまして、異世界に送り込んだ人たちをしばらくの間サポートするための仕組みの一つです」

「へー」

動画の最初と最後に『チャンネル登録はこちら』とでも出てきそうな名前だな、おい。

「本来なら送り込んですぐに、色々なことをこの魔導器具を使ってお教えするはずだったのですが……」

そこで一度言葉を切ると、彼女は画面の向こうで両手を合わせた。

「魔導器具の使い方を教えるの忘れてました。ごめんね」

そしてそう言いながら、ちょっと可愛く首を傾ける。

あざとい。

「忘れてたって、俺はそのせいでこの三日間それなりに大変な思いを……いや、そんなにしてないか」

お風呂を沸かすのは面倒くさかったし、夜に明かりがつかないのは困ったけど、それくらいだな。

あ、洗濯するのも大変だったかも……

それより、俺の魔力量だと、このテレビを動かそうとしただけで意識を失いかねないんだが。

使い方を教えてもらったところで、どうせ使えなかった。

「それにしても私のサポートなしで、三日間よくぞ生き延びてくださいました」

「別に三日くらいどうにかなるでしょ。食料も結構用意してくれてたし」

「実は今までも何人か同じようなことがありまして」

同じようなことって、魔導器具の説明を忘れて、こっちの世界に送り込んだってことかな。

もしいつかその人たちと出会えたら、女神様への愚痴大会で盛り上がりそうだ。

「連絡がつく前に魔物と出会ってしまって、そのままお亡くなりになった人がほとんどで」

「うえっ、まじか。というかそれ連絡ミスとかそういうので片付けていいんですか？」

愚痴大会以前の問題だった。

よかった……俺、ほとんど家の中に引きこもってて。

「お詫びとして大富豪のお家に生まれ変わらせるなど、アフターフォローはしっかりと行いました」

大富豪の家の子供だったら、確かにいいかもしれない。

いや、それはそれで跡継ぎ争いをしたりとか英才教育を押し付けられたりとか、大変なこともあるのか？

「ただそうすると、元の世界の記憶やスキルは全て初期化してしまうのです」

「それって、もし俺が死んだら《緑の手（グリーンハンド）》の力と、強化された体を失うってことか」

「そうですね……って、強化された体ってなんのことです？」

何故か女神様が俺の言葉に首を傾げる。

「女神様が俺の体をこっちの世界用に再構築するときに、強化してくれたんですよね？」

「ああ、そういうことですか。そうですね、元の体で悪かったところは全て直しました。あと、転生させるときにも少しお伝えしましたが、一応そちらの世界の環境に合わせて、病原菌の耐性をつけるなど、生命維持に必要な最低限のことはしています」

病原菌か。

昔見たＳＦ映画で、侵略してきたとんでもなく強い宇宙人が、地球ではごくありふれた細菌のせいで死滅するって話があったたな。

確かに元の世界の体のままだと、全く違う異世界の病原菌には耐性がないだろう。

でも俺が言いたかったのはそういうことではなくて——

「魔物の攻撃が効かない頑丈な体と、ダークタイガーを倒せる力をくれたことは感謝してますよ」

そうじゃなければ、あの森の中で俺はとっくに死んでいただろう。

色々不手際は多いが、ありがたい部分も多い。

しかし、俺の感謝の言葉に対する女神様の返答は、俺の想像と全く違っていた。

「ダークタイガーを一発で倒せる力なんて与えるわけないじゃないですか。そんなのチートですよ」

女神様の口から出たのは、そんなとぼけた言葉だった。

なんだろう。

俺と女神様の間に、何か認識違いがある気がする。

「どういうことなのですか？」

「いや、どういうことも何も」

不思議そうに問いかけてくる女神様に困惑しながら、俺はリビングに置いてあるテーブルをヒョイと持ち上げる。

「この力って女神様がくれたものですよね？」

「いいえ、そんなもの与えていませんよ。一般人より少し丈夫なくらいにはしましたけど……」

でも実際に今の俺は、元の俺に比べてとんでもなく力がある。

ダークタイガーとの戦いしか経験してないが、俺のパンチ力も素早さも防御力もすごかった。

今も、元の俺ならひぃこら言ってやっと持ち上げられたであろう机を、片手で軽々と持ち上げている。

「そ、そうだ、今の貴方のステータスがどうなっているか教えてくれますか？」

「ステータスってあのゲームとかでよくあるやつですか？」

「そう、それです」

前世のファンタジー小説とかでよくあるやつだけど、この世界にもそんなものがあったのか。

「ステータスオープン！」

俺は大きな声でそう口にした。

しかし、なんの反応もない。

テレビの向こうでは、女神様がポカーンと口を開けてこっちを見ている。

「あれ？　ステータスってこうやって見るんじゃないの？」

俺が今まで読んできた小説では、大体これでステータス画面が開いてたけどな。

しかし、いい年して流石にちょっと恥ずかしかった。

段々と顔が熱くなってくるのを感じる。

テレビの中の女神様は笑いをこらえているようで、ややイラッとする。

「ぷっ」

ついに噴き出しやがった。

女神様はしばらく口元を押さえていたが、やっと笑いが収まったのか、一つ咳払いしてから、俺にステータスの見方を教えてくれた。

最初から教えろよと思ったが、勝手に先走って勘違いしたのは俺だし、何も言えない。

「貴方に与えた《緑の手(グリーンハンド)》には品質チェックの機能があると伝えたと思うのですが」

「それで俺の品質を見ろと？」

「そうです」

「俺は野菜かよ」

なんだか解(げ)せない。

「まぁ、それはいいとして、この《緑の手(グリーンハンド)》ってどうやって使えばいいんですかね。使い方とかも全く教えてもらってないんですけど」

「そうでしたか」

「そうですとも。俺は作物を育てると自動的に発動するものだと思ってるんだけど、合ってます？」

あの種の野菜が異常な速度で成長したから、スキルは発動できているんだと思う。

「基本的にはそれで間違っていません——ですが《品質鑑定》を使う場合は、きちんと心の中で《鑑定》と念じないと発動しないようになってます」

「それはどうして？」

「自動で発動していたら、手で触るもの全ての情報が常に流れ込んできて、情報量で脳がショートしてしまうからです」

確かにそれはそうだ。

日常を過ごしていて、触るもの全ての情報が見えたら邪魔でしかない。

「それでは、手を自分に当てて《鑑定》と念じてみてください」

「こ、こうかな」

俺は右手を胸に当て《鑑定》と念じる。

するとと目の前にズラズラッと文字と数字が浮かび上がった。

【田中拓海】
種族：人間族Ω　性別：男　年齢：22歳

属性：無　　職業：無職
ＨＰ：98／98　　ＭＰ：２／２
ちから：１８３　　ぼうぎょ：２１１　　すたみな：１２４
すばやさ：51　　まりょく：１　　きようさ：１１２

「本当に出たっ！」

「えっと、少し拝見しますね」

テレビの向こうで、女神様が何やらオペラグラスっぽいものを取り出してこっちを見ている。

なんだろうあのアイテムは。

それにしても、この世界の一般人のステータスを知らないから詳しいことはわからないけど、俺のステータスはかなり偏っているんじゃないだろうか。

特に魔力の低さは酷い。

そりゃエレーナに『魔力量はかなり少ない』と言われるわけだ。

力と防御力は高いと思うが、その割にＨＰがそれほどでもないかな。

素早さも何故か低い。

まぁ昔から運動が苦手だったからわからないでもないけど。

あと属性がないっていうのは魔力のなさに関係しているのだろうか。

これから魔法の修行をしたら、俺に合う属性に変わっていくとか？

ちょっとワクワクするな。

しかし、職業が無職というのが納得いかない。

一応畑を耕して野菜を育てているんだから、せめて農家にならないものか。

「このステータス画面って他の人にも見えるんですか？」

「普通は見えないから、安心していいですよ」

まぁ、この程度の内容だったら見られても問題ないだろうけどさ。

職業欄だけは見られたくないな。

「そんなことより……何これ。どういうことなの！」

画面の向こうで女神様が、俺のステータスを見て、ぶつくさつぶやいている。

というか女神様、最初と若干キャラ変わってるよな。これが素？

「貴方どうしてこんな……もしかして元から？　いいえ、そんなことはなかったはず。だって貴方はなんのスキルもなくて――」

女神様はそんなことを言いながら、オペラグラスで俺のステータスを再度確認する。

何度見ても変わりはしないと思うのだが。

「体を再構築したときに何かおかしなことしちゃったのかしら」

何やら怖いことを言い出したぞ。

俺の体は大丈夫なのだろうか。

「俺の体、何かおかしいんですか？」

「おかしいわよ」

「ええっ」

俺、ひょっとすると体が突然崩壊して死んじゃったりするのだろうか。

もしそうなら女神様のミスとして、俺も大富豪の家の息子に生まれ変わらせてくれ。

いや、せっかく始まったばかりの生活をもう手放すなんて、冗談でも勘弁してほしい。

そんなことを考えながら、改めて俺はステータスを見た。


【田中拓海】

種族：人間族Ω（にんげんぞくオメガ）　性別：男　年齢：22歳
属性：無　職業：無職

HP：98／98　MP：2／2
ちから：183　ぼうぎょ：211　すたみな：124
すばやさ：51　まりょく：1　きようさ：112

ちょっと数字に偏りはあるけど特におかしなところは……

「あっ、この種族のところにある『Ω』が何か問題あるとか？」

「そこは別に問題ないわね」

あっさり否定されて、ちょっと凹んだ。

だったらこの『Ω』ってなんなのだろう。

「それは貴方が異世界からやってきた人間族って意味よ」

人間族ってことはもしかして人間以外の種族もいるのかな？

エルフとかドワーフとかハーフリングとか妖精とか。

「だから、そこは問題ではないの」

「それじゃあ、何が問題なんです？」

俺が質問すると、彼女が一つため息をついて説明を始める。

「貴方は元の世界では平凡な人間で、特に特殊なスキルも持ってなかったわよね？」

まぁその通りなのだが、他人になんのスキルもない平凡な人間と言われるのはちょっと傷つく。

「なのに、今の貴方のステータスはライーザの平均値を大幅に超えているのよ」

「ええっ」

「ライーザで達人や超人と呼ばれている人たちですら、ステータスは２００まで行くか行かないか程度なの。そう考えれば、貴方のステータスがどれだけ異常なのかわかるわよね？」

ということはつまり、俺は防御力については、既にこの世界の最高峰ということなのか。

そりゃダークタイガーの牙も通らないわけだ。

そして、力もほぼ最強レベルだ。

やつを軽く放り投げられたのも、簡単に倒せたのも、この異常なステータスのおかげだったと。

見かけ倒しの雑魚魔物だと思っていたが、そうじゃなかったのか。

「けど、おかしいのよ。私が貴方を再構築するときに行ったのは、その世界の環境に合うようにしたくらいで、こんな常人離れした力は与えてないはずだわ」

確かに、初日は畑仕事とかかなり大変だった記憶がある。

あれは生まれ変わった体にまだ慣れてなかったせいだと、勝手に解釈していたけど違うのか？

「貴方、いったいこの数日間で何をしたの？　思いつく限りでいいから教えてほしいわ」

何をしたと言われても。

「えっと……畑を耕して、種蒔いて、お風呂焚いて、翌日できた種を食べて、茎食べたら気絶したから捨てて――あとは全裸を見られたり、逃げた女の子を追いかけてダークタイガーを倒したり……」

これまでのことを思い出しながら、言葉を紡ぐ。

全裸のあたりで女神様が犯罪者を見るような目を向けてきたが、俺は無実だ。

いや、無実かは微妙だが、情状酌量(じょうじょうしゃくりょう)の余地はあると思う。

むしろ俺が覗かれたほうだから、被害者なのではなかろうか。

よし、もし裁判になったらその方向で弁明しよう。

「そんでもって焼きそば作って、エレーナさんに魔導器具のことを教えてもらってたら、テレビに女神様が映ったくらいですかね」

滅茶苦茶大雑把にこの三日間の出来事を説明した。

「貴方、せっかく私が育てるために渡した野菜の種を食べたの？」

「ああ、はい。一日目とか疲れ切ってて、料理をするの面倒くさくて」

「面倒って……せっかく特別な保存庫まで作って食料をいっぱい入れておいてあげたのに」

確かに、あの食料の山はありがたいと思っている。

けどあの明かりもつかない氷室の中には、あまり行きたくないんだよなぁ。

あっ、でもエレーナに頼めば氷室の明かりもつくのか。

明日お願いしてみるか。

「はぁ、貴方の話が本当だとして、やはりそのステータス異常の原因はさっぱりわからないわね」

「俺としては、近所をうろつく魔物に負けない力はありがたいんですけど」

もし女神様が言った通り、特に何も力がなかったら、俺とエレーナはあのときダークタイガーの餌（えさ）になっていたはずだ。

「近所にダークタイガーがうろついてるのもおかしいのよね。貴方を転生させた土地にそんな強力な魔物はいないはずなのよ」

女神様の説明によると、俺が転生したこの場所は、他の場所に比べ、かなり魔力が少ない土地なのだそうだ。

魔物は空気中の魔力を吸収することで生きているらしく、小型の魔物ならいざしらず、ダークタイガークラスの魔物が、この地の魔力量で生きていけるはずがないらしい。

今日エレーナが家中の魔導器具に魔力を注入したことを話すと、女神様はある推測を語った。

もしかしたらエレーナがあの森の中で襲われたのは、ダークタイガーが魔力を補給しようとしたからではないかとのことだった。

魔物は他の生き物を食らっても、魔力を得ることができるらしい。

あのときのダークタイガーからしたら、餓死しそうなときに、目の前に豪華な料理を出されたようなものだったというわけか。

「とはいえ、そんな魔物が森の中にいた理由は、やっぱりわからないのだけれど」

「前世の小説で考えると、魔力が溜まっているところがどこかにあって、そこから湧いたとか？」

この世界で魔物がどういう風に生まれるかは知らないけど、俺の中でのイメージではそんな感じである。

「事前調査したときに、そんなものはないことは確認済みよ。だからこそ、貴方のスローライフという望みにピッタリだと思って、そこに転生させたのだから」

「だとすると、他に考えられることは……どこからか飛んできたとか？」

「ダークタイガーは飛ばないわよ」

「そうじゃなくて。例えばどこかの誰かが転送魔法か何かで、ダークタイガーをこの土地に送りつけたとか」

「転送の魔道具を使えば可能ね。でも、今のライーザだとあの手の魔道具はほとんどが失われているはずだから、かなりの貴重品のはずよ」

「転送魔法って魔導器具なんですか？」

「魔導器具じゃなくて、魔道具ね。簡単に説明するとあなたの世界の家電にあたるものが魔導器具、それ以外の一般には出回ってないものを魔道具って考えてもらえればいいわ」

わかるような、わからないような。

「あとはそうね。魔導器具は今でも作り続けられているけど、魔道具はライーザの人たちでは作ることが難しくてね。だから出回っている数も少なくて希少なのよね」

女神様が言うには、魔道具を作ったのはかなり昔に俺と同じようにして送り込まれた異世界人なのだそうだ。

その人物は元の世界でも魔道具職人をやっていたらしく、女神様が驚くほどの技術力を持っていて、この世界に数多くの魔道具を生み出したのだという。

「一般に流通している魔導器具と呼ばれるものは、彼が遺した設計図を元にしていることも多いの。でもあまりに複雑で高度な技術を必要とする魔道具は、設計図自体が残っていないか、設計図が残っていても、劣化品しか作れていないわ」

つまり魔道具はものすごく貴重ということか。

「しかも魔道具の中でも転送魔法装置はかなり複雑な作りになっていて、扱える人も現存数もかなり少ないらしいの」

「でも実在するってことですよね？　だったら……」

「可能性はないわけではないけれど、現存している転送魔法装置が今どこにあるのかはわからないのよね」

「女神様でも？」

「私でもよ。そんな全知全能な力が私にあるなら、滅亡しそうな世界を救うのに、いちいち他の世界の優秀な人を連れてくるなんて面倒なことするわけがないじゃない」

何故だか疲れたような表情でそんなことを言う女神様。

「いやいや、神が直接世界に手出しすることは禁じられているとか、そういう制約があるんじゃないんですか？」

「ないわよ」

「えぇ……でも女神様は確か『世界に干渉しすぎない範囲で、自分ができることを』どうのこうのって俺に説明したじゃないですか」

「したわね」

しれっと答える女神様は『それが何か？』と言いたげな表情だ。

「そりゃ、制約があることはあるわよ。その制約ができた理由は、神様が直接その世界に手を出すと、ほとんどの場合滅んじゃうからなのよね」

今めっちゃ怖いことをさらっと言いましたね、この女神様。

「ほら、貴方の元の世界でも、何度も世界が滅びかけたじゃない。隕石がぶつかったり、人地が氷に埋め尽くされちゃったり」

確かに、これまで地球の生命は何度か滅びかけている。

「私たちが直接手を出してしまうと、あまりに力が強すぎてそういうことが起こってしまうのよ」

つまり神様っていうのは手加減ができないということなのか。

「だから、貴方たちのような人にお願いして、間接的に世界を守ることしかできないの」

まぁ、とりあえずそれについては後で問い詰めるとして。

俺は気になっていたことを聞いてみることにした。

「そういえばエレーナは転送魔法装置でこの森にやってきたと言っていました」

「そうなの？　転送魔法装置なんて一般人の家にはないはずだけど……もしかして彼女は、かなりいいところの貴族のお嬢様なのかしら？」

「しかも、装置の暴走で間違ってここに来てしまったらしいんですよね」

「なんだか怪しいわね。転送魔法装置が誤作動を起こすことなんてまずないわ。それこそ人の手で設定を変えたり、故意に破壊したりしない限りはね……」

女神様の言葉について考えながら、俺は話を続ける。

「あとは、服の生地こそ高級そうでしたが、彼女はパジャマのような格好で荷物も持っていませんでした。転送魔法装置を使って、遠方に出かけるような装備ではないですよね……」

転送魔法装置を使うシチュエーションって、歩きや馬車ではいけない遠くの場所に出かけるときだと思うのだが、そこで誤作動が起きただけなら、あの格好はおかしい。

どう考えても、今からお出掛けしますという格好ではなかった。

エレーナはまさに着の身着のままって感じで、まるで夜逃げしてきたみたいだった。

「次にダークタイガーですが――」

女神様は、あの魔物が自然にこの土地にやってきたことも、元から棲んでいたこともないだろうと言っている。

その言葉を信じるならば、やっぱり人間が関わっていると思うのだ。

どこかから連れてこられて、この森の近くで逃げ出した？

それもあるかもしれないけど、あの凶悪な魔物を移送する理由がわからない。

「あの魔物とエレーナが同じ転送魔法装置で、この森に転送した可能性はありませんか？」

「うーん。これまでの貴方の話を聞くと、その可能性はゼロではないわね」

もし俺の推理通りだとしたら、それを行った人物の目的っていったいなんなのだろう。

森の中、本来存在しないはずの魔物とお嬢様。

「女神様」

「なあに？」

「ダークタイガーってテイムできる魔物なのでしょうか？」

「そうねぇ、上位レベルのテイマーでも難しいでしょうね」

「そうですか……」

俺のその質問に女神様は少し考える素振りを見せた後、口を開いた。

「まぁ、一応可能だけれど、テイムするためにはその魔物に触らなければならないから、ダークタイガーほどの相手となると、かなりの犠牲が伴うと思うわ」

「かなりの犠牲……それでも可能なんですね？」

「そうね、可能よ」

「わかりました、真実は明日エレーナ本人に確かめるとして――」

俺は女神様に向けて、頭の中に浮かんだ答えを口にした。

「女神様、彼女はもしかしたら何か大きな敵に追われていて、転送魔法装置を使って逃げてきたのかもしれません」

種の正体と招かれざる客

「ふわぁ〜あ、結局夜中まで女神様に付き合ってたおかげで寝不足だよ」

俺は起き上がると布団を簡単に畳んで、部屋の隅に置く。

いつもは万年床なのだが、可愛らしい女の子がいる間くらいは、ちょっとはよく見せたい。

というか、昨日まで敷いてあった布団は泥だらけになってしまったので、今日は押し入れの奥から来客用の布団一式を出してきた。

綺麗な布団なので大切に使おうと思った、という理由もある。

流石、来客用。なかなかいい寝心地だった。

今日は街は行き、そこで色々情報収集をする予定だ。

一番近くにある街の場所は、昨夜寝る前に女神様から聞き出しておいた。

エレーナが見たという街道を東へ向かい、途中小さな村を経由して、俺の家から十キロくらい歩いた先に街があるらしい。

それなりに交易も盛んな大きめの街で、行商人なども行き来しているらしいので、運がよければ途中で馬車に乗せてもらえるかもしれない。

有料だったら諦めるか、エレーナが選んだものを買い取ってもらって、お金を稼いでもいい。

ただ問題は、エレーナのことだ。
昨夜の女神様との話の結果、俺が辿り着いた答えがもし正解だとするなら。
彼女が狙われているとしたら……
「街に連れて行くのはリスクが大きいよな」
かといってこの家に一人で置いていくのも心配だ。
俺がいない間に追っ手が送られてくる可能性もある。
兎にも角にも彼女から話を聞いてから考えるか。
俺は動きやすい服に着替え、部屋を出る。
顔を洗うために洗面所に向かうと、中から人の気配がした。
エレーナが使っているのだろう。
仕方ないので洗面所を諦めて台所で顔を洗う。
魔導器具の水道にはまだ慣れないが、今のところ特に大きな問題はない。
「今日の朝飯はパンでいっか」
氷室から出してしまっておいた食パンを、棚から取り出す。
テーブルの上にパンに塗るものもいくつか一緒に並べて、準備完了。
マーガリンは氷室に置いてあるので、冷蔵の必要がないものばかりだが仕方がない。
朝っぱらからあの暗くて狭い氷室に下りるのが面倒なのだ。
あとは――

「そういやトースターにはまだ魔力補充してもらってなかった……」

昨日、家中を探して、ほとんどの魔導器具に魔力を補充してもらったのに、ご飯を食べ終わっていたせいで、トースターに補充してもらうのを忘れていた。

「どうせエレーナと一緒に食べるんだし、彼女が来てから焼けばいいか」

焼かずともパンは食べられる。

だけども、トースターが使えるのなら焼かない手はない。

なんだか、すっかり彼女を電源扱いしてるようで少し気が引けるが、特訓して俺の魔力が上がるか、出張補充してくれる人を雇うかするまでは、彼女に頼るしかない。

「しかし、遅いな」

もしかしたら洗顔ついでに洗濯でもしているのかもしれない。

昨日、彼女が着ていた服はかなり泥まみれだったので、ひとまずそのまま脱衣所に置いておいた。

昨日の内に洗っておくべきだったけど、色々あってすっかり忘れてたんだよな。

でも、彼女は洗濯機の使い方はわかるのだろうか。

洗濯機みたいな魔導器具はあると言っていたけど、どこまで同じかはわからない。

「食い物を目の前にしてお預け状態だと、余計に腹が減ってくるな」

俺は彼女がやって来るまで、一旦自分の部屋に移動することにした。

そこには空腹を紛らわすにはうってつけの種が入った袋もある。

食いすぎると朝食が入らなくなるだろうから、数粒だけつまむつもりである。

「そういえば女神様とは魔物のことばかり話してて、この種のことを聞きそびれたな」

女神様が野菜のものだと渡してくれたこの種。

実際に蒔いて育ててみたら、実が生るどころか、実をすっとばして同じ種ができる有様。

更に、試しに茎を食ってみれば地獄のような味で、とてもではないが野菜とは思えない。

もしかして女神様に間違った種を渡されたのではないか。

その真相を女神様に聞いてみようと考えていたのに、自分のステータスがおかしいという話題から話がずれたせいで、すっかり忘れていた。

「ステータスか……あっ、そうだ」

俺は自分が、種の正体を調べることができる力を持っていたことを思い出した。

「この種がなんなのか《鑑定》してみればわかるじゃん」

昨日女神様に教えてもらった《緑の手(グリーンハンド)》の力の一つである《品質鑑定》を使えば、そのもののステータスがわかる。

つまりこの種の正体もわかるに違いない。

「まさか種のＨＰとかＭＰとかしかわからない、なんてことはないだろうな」

そうつぶやきつつ、種の袋を畳の上に置いた。

どしゃり。

結構食べてしまった気がするが、収穫した分も放り込んであるので、まだ何度か収穫できるくらいには量がある。

不思議なことに、二回目からは少しの量でお腹が膨れるようになって、消費量が減ったため、ものすごく種が減ってしまうという事態は防げている。

「さてと、まずはこのまん丸い種から見てみるか」

ずらりと並べた五つの袋。

左端に置いた袋の中から、一粒だけ種を取り出す。

種はそれぞれ形が違うのだが、この形はまん丸だ。

「いくぞっ、《鑑定っ》！」

別に口に出して《鑑定》と言う必要はないのだが、ついノリで口にしてしまった。

だが、そんなことを恥ずかしがっている暇もなく、俺の目の前に、種のステータスが浮かび上がったのである。

【ちからの種】
品質：普通　　味：まったりとしてコクがある
栄養：ほぼなし　　効果：ちからが少し上がる
育成：天界でのみ育成可能

「ちからの種？」

なんだよこれ。

これってまさかあれか？

ＲＰＧとかでたまに見かけるやつじゃないのか。

「いやいや、ちょっと待ってよ」

俺は他の袋から種を一粒ずつ取り出して《鑑定》してみる。

きようさの種、すたみなの種、すばやさの種、まもりの種……

それぞれの効果は、名前の能力が少し上がるらしい。

【まもりの種】
品質：普通　　味：たんぱくな味わい
栄養：ほぼなし　　効果：守備力が少し上がる
育成：天界でのみ育成可能

「つまり、これはステータスが上がる種なのか？」

だとすると女神様が驚くほど、俺のステータスが上がっていたのも、理解できる。

この種たちのせいだったのかもしれない。

この、『天界でのみ育成可能』っていうのはどういうことだ？

普通に畑で育てられたのは、もしかして《緑の手（グリーンハンド）》のおかげなのか？

「と、とにかく本当にステータスが上がるのか試してみよう」

まず俺は自分の体に手のひらを当てて《鑑定》と念じる。

【田中拓海】

種族：人間族Ω　性別：男　年齢：22歳
属性：無　職業：無職
HP：98／98　MP：2／2
ちから：183　ぼうぎょ：211　すたみな：124
すばやさ：51　まりょく：1　きようさ：112

ステータスを見直して気がついた。

なるほど、そういうことだったのか。

女神様からもらった五種類の種。

あの種の中にステータスの『まりょく』をアップさせるようなものはなかった。

だから、俺のステータスの中で、魔力の数値だけが異様に低かったのだろう。

それにしても『1』は低すぎる気がするが、それは俺が魔法のない世界から来たからか？

「あと、『すばやさ』が低いのはあれだな。『すばやさの種』があの中で一番不味くて、純粋に食べる量が少なかったからだろうな」

そう言いながら、『すばやさの種』を手に取る。

平べったくて小さいその種は、他の種と比べると苦味が強かったため、自然と食べなくなっていたのだ。

「とりあえず実験してみればわかる。ステータス画面を開いたままでいけるかな？」

俺はその小さな『すばやさの種』を、口の中に思い切って放り込む。

奥歯でそれを噛み潰すと、口の中に苦味が広がった。

他の種と一緒に食べたときはまだ苦みが緩和されていたが、この種単体だとかなりキツい。

せめて水でも持ってくればよかったと思いながら種を飲み込む。

「うへぇ……」

げんなりしつつも、俺は目の前に浮かんだステータス画面を確認する。

すると――


【田中拓海】

種族：人間族Ω　性別：男　年齢：22歳
属性：無　職業：無職

ＨＰ：98／98　ＭＰ：2／2
ちから：183　ぼうぎょ：211　スタミナ：124
すばやさ：56　まりょく：1　きようさ：112

「おおっ、素早さが56になってる！」

俺は立ち上がってその場で軽く反復横跳びをしてみる。

反復横跳びなんて何年ぶりにやったかわからない。

普段の生活じゃ絶対やらないもんな。

記憶にある学生時代よりは、速く反復横跳びできた気がするので、前世の身体能力から考えるとかなり素早さが上がっているようだ。

女神様曰く、この世界だと２００で超人の域らしいから、まだまだ上には上がいるんだな。

「なんだか楽しくなってきたぞ」

俺は反復横跳びをしながら『すばやさの種』を次々と口の中に放り込む。

動きながら種を食べることができるのは『きようさ』のおかげだろうか？

口の中に広がる苦味を我慢しながら、ばりぼりと噛み砕く。

その度、少しずつ反復横跳びのスピードが上がっていくのが実感できる。

パッパパッパッ。

自分の部屋で一人、種を食べながら笑顔で反復横跳びをする男。

こんなところをエレーナに見られたら、なんと説明すればいいのだろうか。

そんなことが頭に浮かんだ瞬間。

「うわっと」

スタミナが増えているおかげで、ほとんど疲れないのをいいことに、調子に乗っていたら、足がもつれて転んでしまう。

「いてて……きようさの効果はどうしたんだ？　そういえば、何か隠しステータスなんかもあるのかな」

我ながら、考え方がかなりゲーム脳になってしまっている。

しかしステータスや、ステータスを上げる種が目の前に実在しているのだから仕方がない。

ゲームだと、この手のアイテムは大抵の場合、手に入る数が限定されているから、バランスブレイカーになることはなかった。

低確率だがモンスターから無制限に手に入れられる作品もあったから、全てのゲームで制限されているとは言えないけど。

だがこの世界だと、俺は普通に《緑の手(グリーンハンド)》で育てて、簡単に増やすことができるわけで……

まさにチート。

簡単にステータスを好きなだけ上げることができる。

これは、『チートの種』だ。

「本当にチートなのはこの《緑の手(グリーンハンド)》のスキルのほうかもしれないけど」

俺は並べた五つの種を眺めながら考える。

女神様からもらったチートの種。

あのポンコツな女神様のことだから、たぶん普通の作物の種と間違えてこの種を渡してしまったのだろう。俺のステータスが高くなっていることにも驚いていたしな。

これを食べたとき、俺の体に起こるステータスの変化は確認したが、俺以外の人にも同じような効果が現れるのだろうか。

俺の体は女神様が作ったもので、この世界で生まれ育ってきた人たちと、全く同じとは言えない。

「そういえば夕飯に隠し味で種を混ぜたんだっけ」

エレーナのような現地人にも、この種は効果があるのか確かめるべきだろうか？

あのときに混ぜた種はどれだったろう。

確か……

「ちからの種と、きようさの種だったかな」

もしこの種の効果がエレーナにも現れるとしたら……

ムキムキマッチョな脳筋エレーナを思い浮かべて、すぐ頭から追い払う。

まぁ、実際は種を食べてもそんな屈強な見た目にはならないんだけど。

確かなことは、俺が種を食べるとステータスを上げられること。

種の力でステータスが上がったとしても、見かけの変化は何もないこと。

この二つくらいか……

「実際に筋肉がついているわけじゃないのに、いったいどういう仕組みなんだろう」

とにかく一人で悩んでいても仕方がない。

この種をくれた女神様に直接聞いてみるのが一番だろう。

思い立ったら、即実行。

俺は『女神ちゃんねる』に接続するために、自分の部屋から出て、リビングに向かった。

種のせいで苦しくなったお腹を押さえながら、机の上に置いたテレビのリモコンを手に取る。

「といっても、こんな時間に女神様がいるかどうかわからないけど」

とにかくリモコンの魔石を押す。

しかし予想通り、画面に映し出されたのは真っ白な、机以外は何もない空間だった。

女神様の姿はどこにもない。

「う～ん、女神様がいる時間を聞いておくべきだったな」

しかし『女神ちゃんねる』か。

これって他のチャンネルはどうなっているんだろう。

流石にこの世界で番組は放送していないか。

昨日エレーナはテレビの中で人が動くのを見て驚いていたしな。

別の神様のチャンネルとかあったりして。

「ポチッとな」

とりあえず選局ボタンを押してみる。
「おおっ」
てっきり真っ黒な画面になるのかと思ったら、そこに映し出されたのは——
「これって外の畑か？」
目の前のテレビ画面には俺が耕した畑が映っていた。
窓から見える畑と画面を交互に見比べる。
「これって向こうの柵にカメラがついてるのかな？」
畑用の防犯カメラだろうか。
もしかして他のアングルもあったりして。
ポチッ。
今度は玄関の映像が出る。
ポチッ。
次は屋根の上が映る。
この映像は何に使えばいいのだろうか。謎だ。
空から来る魔物に対処するときとか？
そんな日は来ないでほしいものだが。
ポチッ。
これは納屋の中か？

ポチッ。

次は裏庭だ。

風呂炊き用の薪と釜がカメラに映る。

「これさえあれば、薪で風呂を沸かすときに、いちいち外に出て火の様子を確認しなくてもいいな」

そういうところも考えてカメラを配置してくれたのだとしたら、女神様の評価を少し上げてあげなくてはいけない。

とはいえ魔導器具が動くようになった今、薪で風呂を沸かすことは当分なさそうだが。

「さて、他にはどこにカメラが設置されてるのかな」

ポチ、ポチ、ポチ。

思ったより多くカメラが設置されているらしい。

なんだかカメラのチェックというより、覗きでもしている気分になってくる。

「おっ、これは台所か。家の中にもカメラがあるんだな。監視カメラかよ」

ポチッ。

「俺の背中だ」

振り返ってカメラがありそうな場所を見てみるが、それらしいものがない。

怖っ。

これ、もしかして女神様が俺を監視するために密かにつけているものなのでは？

俺の中の女神様の株が一気に暴落する。

「女神様を問い詰めるにしても、カメラがどこにつけられてるのか全部確認しておく必要があるよな」

俺は震える手でリモコンを操作していく。

俺の部屋に妹の部屋。両親の部屋と押入れの中。

流石にこれはやりすぎだろ。

「いったいどれだけ監視カメラをつけてるんだよ、あの駄女神（だめがみ）」

女神様の評価が駄女神まで落ち切った……そして。

ポチッ。

「!?」

画面に映し出されたのは小さな湯船。

そして洗い場でかけ湯をする、肌を淡いピンク色に染めた一人の少女。

湯気ではっきりとは見えないが、確実にエレーナだ。

遅いと思ったら、やっぱり風呂に入っていたのか。

などと冷静に考えている場合じゃない。

「こんなのバレたら確実に通報モンじゃねーかッ！」

事故とはいえ、ただでさえ俺は二度も全裸を見せつけているのだ。

それだけでもアウトなのに、更に覗きまで加わったら完全に牢屋の住人になってしまう。

スローライフから一転してプリズンライフだ。

俺は慌ててもう一度ボタンを押す。

すると画面は一瞬で脱衣所に切り変わった。

あれだけ細かく設置されていれば、風呂場にあるなんて予想できたことではあるが、絶対にわざとじゃない。

「マジで何も考えていなかっただけで、見るつもりは一切なかったんだ」

そう誰に聞かせるでもなく言い訳をする。

そもそもあんなところに隠しカメラを設置した女神様が全て悪い。

「あの駄女神めっ、なんてもの仕かけてやがんだよ」

それにしてもどうしたらいいんだ。

女神様に家の周り以外のカメラを外してもらわないと、俺の気持ちが落ち着かない。

いや、俺も転生前は三十手前で、既におっさんに片足を突っ込んでいたのだ。

思春期の中高生じゃあるまいし、こんなことくらいで動揺している場合じゃない。

ガラッ。

悶々と考えていると、風呂場から引き戸を開ける音が聞こえた。

それと同時に、脱衣所のカメラに、引き戸から顔を出し周囲を確認するエレーナの姿が映る。

「ヤバイッ」

咄嗟にもう一つチャンネルを進めると、今度はトイレの中が映った。

もう勘弁してください。

というかあの駄女神、マジで感覚がズレてるんじゃなかろうか。

「とにかくこんなのエレーナに見つかったら洒落にならん」

俺は急いでチャンネルを元の白い部屋に戻すと、テレビの電源を落とし彼女が風呂場から出てくるのを待った。

そしてしばらくして、風呂上がりのエレーナがリビングに顔を出した。

「タクミ様、おはようございます」

「ああ、おはようエレーナさん」

挨拶と共に小さく頭を下げるエレーナの髪がサラサラ揺れる。

ドライヤーでも使ったのか？

いや、魔法で乾かしたのかもしれない。

魔法のほうが早そうだし、火属性の魔法を使ってたし。

俺の頭に、さっき見た風呂場の映像が浮かんでしまい、彼女の顔をまともに見ることができない。

「タクミ様？」

目を合わせない俺の態度を不審に思ったのか、彼女が少し声のトーンを落とす。

ちらっと彼女に目を向けるが、ほんのりと上気したその顔を見ると、やはりさっきの映像がフラッシュバックする。

思わずすぐに目を逸らしてしまった。

仕事一筋で生きてきた俺は女性に対して免疫がなさすぎるのだ。

しかしこのままだと彼女に更に不審がられてしまうだろう。

俺は静かに深呼吸をしてから彼女を見る。

すると、心配そうに俺を見つめる彼女と目が合う。

「あの、お体の調子でも悪いのですか……？」

「いやっ、全く。元気すぎるくらい元気だよ」

上ずった声でそう返事した後、飛び上がるように立ち上がって、その場で高速ラジオ体操を始める、俺。

無駄にステータスが高いせいか、あっという間に第一を終わらせてしまった。

ラジオ体操の世界記録があったら、ぶっちぎりで一位を取れる自信がある。

「本当に大丈夫ですか？」

先程までの心配するような表情から、かわいそうな人を見る目になっている、エレーナ。

視線が辛い。

「大丈夫だって。そんなことよりエレーナさんは朝からお風呂入ってたの？」

変に意識して逃げ回るより、ここは直球で行こう。

ただ、カメラ映像で入浴シーンを見ちゃったことは絶対に言えないけど。

「私、実家では朝と晩に入浴するのが日課でしたので……タクミ様が眠っている内にと思ったのですが」

そう言って彼女は少し俺から視線を逸らし、頬を赤らめた。

可愛らしい反応に罪悪感がチクリと胸を刺す。

俺が眠っている内にということは、覗かれる心配でもしていたのだろうか。

そんなことは神に誓ってしないというのに。

まぁ、その神のせいで結局は覗いてしまうことになったんだけどな。

「でもエレーナさん、よく風呂の沸かし方を知ってたよね。もしかしてエレーナさんの家も給湯器みたいな魔導器具があるの？」

「お風呂を沸かす魔導器具はありますが、我が家は違いますよ。こうやって……」

彼女は右手を少し上げ、指を一本立てるとその先に小さく火を灯す。

すごい、何これ俺もやりたい。

「私は火属性の魔法が得意なので、小さめのファイヤーボールをお水に向かって撃って沸かすことができるんです。簡単です」

どうやら彼女は薪も給湯器も使わずに、自力で風呂を沸かしたようだ。

そういえば、昨日『日常の中で攻撃用の魔法を使うのはお風呂くらいですかね』と言っていたな。

確かにそれならあっという間に湯を沸かすことができる。

「やっぱ魔法って便利なんだな」

俺が魔法の素晴らしさに感嘆の声を上げると、彼女は誇らしげな表情を浮かべた。

ドヤ顔とまではいかない控えめな表情が、彼女の性格を表しているような気がする。

俺も魔法が使えたらと思わずにはいられない。

どこかに『まりょくの種』とかもあるかもしれないから、その内探しに行くのもいいかもしれない。

エレーナと他愛ない話をしつつ、台所に移動して、魔力補充してもらったトースターでパンを焼く。

その後、リビングに戻って、二人で軽く朝食を取った。

「さてと」

食後の一休みの後に、俺は本題を切り出すことにした。

彼女の正体と、彼女がここにやってきた理由。

そして、もし彼女が追われているのならば、その相手についてだ。

どこまで話してくれるかわからないが、何も聞かずに街に連れていくわけにもいかない。

「エレーナさん、今日は街に行く予定なんだけど、その前にどうしても聞いておきたいことがあるんだ」

彼女は俺の言葉に即答せず、少し表情をこわばらせる。

これは聞き出すのに苦労するかもしれないな。

「もしかして君は――」

俺が彼女に対する問いかけを口にした、そのときだった。

「ピギュウウウウウウウウウウウウウウウウウウ！」

突然聞いたこともない獣の叫び声が、俺たちの耳に入った。

続けてバタバタバタッ、ガタガタッという、何かが争うような音が聞こえてくる。

彼女を狙っている追手が来たのか。

「エレーナさん、君は下の氷室に入って隠れてて！」

それだけを彼女に告げると、俺は玄関へ向かって走り出す。

ツルッ、ドカッ！

その瞬間、廊下で思いっきりすっ転んでしまった。

「いててて、さっきすばやさを上げすぎたから、体の速度に頭が追いついてないんだ」

あのとき、反復横跳びで足がもつれたのもそういうことだったのかも。

種で一気に、カンストするまでステータスを上げようかと思っていたが、やっぱりこれは少し考え直さないとダメだな。

徐々に体を慣らしていかないと、ダークタイガーの頭をふっとばしたときのように、力加減を間違って大惨事になりかねない。

「グギャアアアアアアアアアアアッ！」

ドガッ、ガシャン！

「ガルルガアアアアアアアアアアッ！」

そうしている間にも、庭のほうから獣の叫び声と、何かが破壊されるような音が響く。

せっかく耕した畑が大変なことになっているかもしれない。

俺は立ち上がると、自分の体の動きに注意を払いながら、靴を履き玄関を出た。

転ばない程度に急いで庭へ向かうと――

「なんだありゃ」

そこには体長二メートルほどの巨大な猪と、それに襲いかからんとする六匹の狼の姿があった。

家の周りの柵を飛び越えて、中に入ってきてしまったようだ。

ダークタイガーのような禍々（まがまが）しさは感じられないことから、魔物ではない気がする。

激しく争う狼と猪。

不利なのは猪のほうだ。

既に満身創痍（まんしんそうい）といった感じで、息が荒い。

体が傷だらけで、そこら中に血を撒き散らし、孤軍奮闘（こぐんふんとう）している。

狼たちは距離を取りながら、猪の死角に回った個体が順々に攻撃を仕かけるという、実にいやらしい戦法をとっていた。

体格だけでいえば猪のほうが強そうなのだが、先程から狼に突撃するでもなく、その場から動かずに攻撃に耐えている。

もう動けないのだろうか。

「ピギュウウウウ」

そのとき、猪が鳴き声を上げた。

いや、違う。

鳴き声は猪の下から聞こえてきた。

異世界の猪は腹で鳴くのか？

一瞬バカなことを考えたがそんなわけがない。

当の猪はさっきから苦悶に満ちた唸り声を上げている。もちろん口から。

「もしかして」

俺は一つの可能性に気がつくと、その戦いの中へ飛び込もうとして――思いっきりすっ転んだ。

「タクミ様ッ」

転んで土埃にまみれた俺の後ろから、避難しているはずのエレーナの声がした。

「氷室に避難しろって言ったのに」

俺は少し呆れて、そうつぶやく。

もし庭で暴れていたのが魔物だったら、怒鳴ってでも家の中に引き返させるべきだが、目の前で争っているのはこの森の動物たちのようなので、そのままにしておく。

「あれはワイルドボア……と狼ですか」

ワイルドボア？

ああ、あの猪はワイルドボアという名前なのか。

こちらの世界には、そういう名前の動物がいるのだろうか。

「ああ、見ての通り、そのワイルドボアが襲われている」

争うならせめて森の中でやってくれ。

なんでこんなところで戦ってんだよ。

俺の庭が大変なことになってるじゃないか。

「とにかく、早くお引き取り願わないと、畑が取り返しのつかないことになる」

俺は争う獣たちから目を離さず、体の制御に意識を集中させる。

慌てて飛び出して、またすっ転んだら目も当てられない。

「私が魔法で攻撃しましょうか？」

エレーナが俺の近くまで歩いてきて、そんな提案をする。

確かにエレーナの魔法なら安全に倒せるかもしれない。

だが答えは――

「ダメだ、狼を一匹倒したとしても他の狼がこっちに飛びかかってくる」

俺には狼の攻撃は効かないだろうけど、エレーナはそうはいかない。

ただの動物とはいえ、最悪、命の危険がある。

もしお嬢様が傷つくようなことがあれば、俺が彼女の家から罰せられるかもしれない。

昨日見た彼女の《ファイヤーボール》はかなりの威力だったから、むやみに打ったら畑がめちゃくちゃになるだろうし。

それに……

「あのワイルドボアに君の魔法が当たったら、お腹の下にいる子供を巻き込むかもしれないだろ？」

「子供？」

ピギャアアアアアア。

俺が見つめる先、巨大なワイルドボアの腹の下からちょうど鳴き声が聞こえた。

「ワイルドボアの子供がいるのですか？」

「たぶん。子供を守るためにあいつはあの場所から動けないんだ」

自然の摂理(せつり)に任せて、このまま放っておくのが正しいのかもしれない。

でも、ここは俺の畑だ。自分の土地を守って文句を言われる筋合いはない。

「助けに行くのですか？」

「助けるのとは、少し違うかもしれない」

猪は豚の親戚みたいなものだ。

猪を家畜として改良したものが豚だって話も聞いたことがあるし……

俺はこれからこの土地でスローライフを送るために、野菜以外に、家畜を育てたいと考えていた。

知識がないからちゃんと育てられるかわからないが、『女神ちゃんねる』と《緑の手(グリーンハンド)》があれば、なんとかなる気がする。

まずはペットとして、一匹お試しで育ててみるのもいいだろう。

街で家畜を数匹買ってから、育てられませんでしたとなったら困るし。

それにあの悲痛な声。

子を必死に守ろうとしている親の猪を見ていたら、助太刀(すけだち)せずにはいられないだろ！

「行くぞっ」

俺は転ばないように神経を集中させ、走り出す。

「うらあああああっ」

声が少しだけ裏返ってしまった。我ながら情けない声だ。

今まで日本で普通に暮らしていて、喧嘩もほとんどしたことがない。

戦ったことがあるのはダークタイガーのみ。

あのときは突然のことで無我夢中だったけど、今回は状況を確認してから、あえて飛び込むのだ。

無駄に周りが見える分、恐怖心が出てきてしまった。

俺はその恐怖を振り切るように、一番近くの狼に迫ると、勢いをつけてその体に拳を叩き込んだ。

「うぉぉぉぉぉっ！　くらえっ！」

ひょいっ。

しかしあっさり避けられてしまった。

「くそぅっ、もう一度っ」

ぶんぶんぶん。

その後も何度も何度も狼に殴りかかるが、どれもこれも空振り。

ダークタイガーのときは、相手の前足がガーデンフォークに突き刺さっていた上に、油断していたから当たっただけで、普通に考えて、野生動物に俺のへっぽこパンチが当たるはずはない。

やつらにしてみれば『当たらなければどうということはない』という感じなのだろう。

だが、俺のその攻撃は無駄ではなかったようだ。

俺の攻撃の間合いに入らないように、離れた場所から様子をうかがっていた狼に、突然火の玉が直撃した。

「ギャウウウウウウウウン」

「エレーナさん⁉」

火の玉、《ファイヤーボール》を撃ったのはもちろんエレーナだ。

彼女は、狼が俺と猪から離れ、攻撃に巻き込む心配がないと判断してから、魔法を放ったのだ。

「なんつぅ威力だよ」

驚く俺に向かって、彼女は軽くウインクをして答える。

可愛いけど、彼女が攻撃を放ったのは、あまりに命知らずで危険な行為だ。

何故なら、《ファイヤーボール》を放った彼女に、他の狼たちが一斉に襲いかかろうとしたからである。

「エレーナさんッ。家の中へ逃げて！」

「大丈夫ですッ」

俺の叫び声に対し、彼女は冷静にそう答えると、立て続けに《ファイヤーボール》を放った。

さっきより大きな火の玉は、狼たちに簡単に避けられてしまう。

「そんな攻撃じゃ、不意打ちでもなければ当たるはずが――」

どかあああああああああああああん！

狼の群れが《ファイヤーボール》を軽く避けたと思った直後。

その群れのど真ん中で、火の玉は大爆発を起こし、熱風が俺の顔を撫でた。

「なっ」

激しい爆発の後、炎と煙が消え去った場所には、傷ついた狼たちの姿が。

彼女の魔法は、こんなこともできるのか。

「まだやりますか？」

唖然とする俺を置いてけぼりにして、エレーナが狼たちに両手を向け、いつでもまた同じ魔法を放てる姿勢で問いかけた。

狼たちに言葉が通じるとは思えなかったが、やつらはしばらくエレーナの様子をうかがった後、倒れていた仲間を立ち上がらせると、そのまま森の奥へ逃げていった。

「ふぅ、なんとかなったかな」

俺はエレーナの魔法のすごさに驚きつつも、危機が去ったことに安堵した。

「助かったよ、エレーナさん」

そう言って彼女のほうを見ると、先程までの威勢のよさはどこへ行ったのか、顔を青くして、その場にヘナヘナと座り込んでいた。

「あはは。魔力がほとんど切れちゃいました」

「それってまさか、さっきの魔法が最後の攻撃だったってこと？」

「はい、だからあれでも狼さんたちが帰ってくれなかったら、もうおしまいでした。そう思うと腰が抜けちゃって」

無茶しやがって。

苦笑を浮かべつつ、彼女のほうへ一歩踏み出したとき。

ドサリ。

何かが倒れる大きな音がした。

「ぴきゅううううぴきゅううううううう」

そして、悲痛な鳴き声が庭中に響き渡った。

「えっ？」

「ぐもももぅ」

声のするほうに視線を向けると、傷だらけの巨躯を地面に横たえ、今にも消え入りそうなうめき声を上げるワイルドボアがいた。

そして……

「ぴぎゅう……ぴぎゅう……」

その傍らで悲しそうな声を上げ、ワイルドボアに鼻を擦り付けている、小さな子供の猪の姿。

体の模様から、前世でウリ坊と呼ばれていた、猪の幼体にしか見えない。

「エレーナさん！」

「は、はいっ」

俺はワイルドボアの親子から目を離さず、彼女に声をかける。

「エレーナさんは回復魔法とか使えないか？」

この世界には回復魔法もあるかもしれない。

魔力切れ寸前の彼女に頼むのも心苦しいが、他に手段はない。

しかし、俺の問いかけに対する彼女の答えは、「私には回復魔法は使えないのです」というものだった。

エレーナが俺の前で使ったことがあるのは、攻撃魔法だけだ。

この世界の魔法の属性がどういったものかわからないが、攻撃魔法と回復魔法で使える術者が違うのだろうか。

「せめてポーションか薬草、それか俺に医学知識があれば……」

《緑の手(グリーンハンド)》の力があれば、そういったものも作れるのかもしれない。

だが今から作り方を調べていては間に合うはずがない。

俺はゆっくりとワイルドボアに歩み寄ると、その体に手を当てた。

《鑑定》ができたように、このスキルで他にもできることがあるかもしれないと思ったからだ。

俺はまだこのスキルの全てを知っているわけではないから、試してみる価値はあるはず。

『回復(かいふく)っ』

目を閉じて、そう念じる。

しかし、何も起こらない。

何度も念じる。

だがワイルドボアに変化は見られない。

ただゆっくりと、その生命の灯火が弱まっていくだけだ。

どれくらい時間が経ったのだろう。

気がつくと隣にエレーナが立っていた。

そして、彼女は俺の手をそっと両手で包み込み、ゆっくりとワイルドボアから離した。

ハッとして顔を見ると、彼女はゆっくりと首を左右に振る。

それが答えだった。

目の前のワイルドボアは既に事切れていたのだ。

ぴぎゅう。

そうして後に残されたのは、俺とエレーナ……そしてまだ幼い一匹の子猪だった。

◆　◆　◆

親の猪の死亡を確認した後、俺たちは庭の隅に穴を掘り小さな墓を作った。

魔力がある程度回復したエレーナの魔法で、死体を燃やしてから骨を穴に埋めた。

生き物の死体をそのまま埋めると、稀にその体に悪霊が取り付いて、魔物化することがあるらしい。

このあたりは魔力が少なく、その可能性は低いと思うのだが、念には念を入れておくべきだ。

俺は納屋から持ってきた花の種を、墓石の周りにいくつか蒔く。

《緑の手（グリーンハンド）》の力で、明日か明後日には花が咲くだろう。

花なんて食べられないものを育てる意味がわからない、とそんな風に昔から思っていた俺だが、こういうときは美しい花で送ってあげたい。

ぴぎゅう。

エレーナの腕の中で小さな猪……ウリ坊が鳴き声を上げた。

このワイルドボアの子供は俺がここで育てることにした。

当初の考えである、家畜を上手く育てられるか試したいという理由もある。

だけど本当はエレーナが帰った後、一人でこの家に住むのが寂しいと思ったのだ。

スローライフには共に過ごす家族が必要だ。

本当なら番犬にもなるし犬がよかったが、贅沢は言っていられない。

子狼でも拾うことができれば強力な番犬になってくれそうだな。

まぁ、そう簡単にはいかないだろうけど。

さっきはエレーナのおかげで助かったものの、あの素早い獣を今の俺では捕まえられる気がしない。

「豚をペットにしてる人も前世だと結構いたから、育てられるとは思うけど。しかし、この庭どうしよう……」

ため息交じりに俺は庭を眺める。

「なんでこんなところで暴れてくれたんだろうなぁ」

狼とワイルドボアによって踏み荒らされた畑。

畑に育っていた収穫前の種たちも無残な姿になっている。

「これ植えたらまた生えてくるかな。潰れてなければ大丈夫だと思いたい」

俺は転がっていた種の中から、比較的綺麗なものを拾い集め、ポケットに入れる。

後で畑を耕し直してから埋めてみよう。

踏み荒らされた畑を片づけていると、例の茎の内、数本が食いちぎられているのに気がついた。

「ん？　これって……」

あのクソ不味いというレベルじゃない茎が……食われてる？

あの狼かワイルドボアのどちらかが食ったのだろうか。

狼はたぶん肉食だろうから、食ったのはワイルドボアに違いない。

もしかしてあの猪の親子は、この畑の作物を食べているときに襲われたのか。

調べてみないとわからないが、もしあのチートの種が動物たちにも効果があったら、とんでもないバケモノに育つのでは？

そう考えると、種を庭で育てるのは危険かもしれないな。

「きゃあっ」

「エレーナさん？」

彼女の小さな悲鳴に俺が慌てて振り返ると、彼女は抱きかかえていたウリ坊を少し掲げるようにして立っていた。

そして先程までウリ坊が抱きしめられていた、うらやまけしからん彼女の胸元には――

「おもらしされちゃいました」

ウリ坊のおしっこの痕が、しっかりとついていた。

「お風呂にもう一回入ってきたほうがいいんじゃないかな」

「はい……そうします。ついでにこの子も洗ってあげますね」

俺たちはすっかり高くなった太陽の下、我が家の新たな住人であるウリ坊と共に、家の中に戻ることにしたのだった。


俺は心の中で自分に言い聞かせる。

覗きはダメ。絶対ダメ。

エレーナがウリ坊を連れてお風呂場へ向かった後、俺は台所で心を無にする特訓をしていた。

しかし、その特訓は全く成果が出ない。

彼女は今頃お風呂でウリ坊とキャッキャウフフしている頃だろうか。

俺も交ざりたい。

いやいや、流石にそれは犯罪だ。もうこれ以上罪を重ねてはいけない。

そんなこんなで悶々としながら、体感時間で数時間、実際には二十分ほど経った頃、エレーナがウリ坊を抱えながらやってきた。

「お待たせしました、タクミ様」

「ぴぎゅー」

エレーナと一緒にウリ坊が声を上げる。

風呂上がりだが、頭の後ろに軽くまとめられている長い髪は、朝と同じように既にサラサラに乾いている。

ついでに彼女の胸に抱かれているウリ坊も、外で見たときと違って、かなり綺麗に縞模様が見えるようになっていた。

たぶん、朝と同じく魔法で乾かしたのだろう。

「結構時間かかったね？」

「ええ、ウリちゃんがすぐに逃げようとするので、こうやって抱きかかえながら洗わなくちゃいけなくて」

墓を作っている間、俺がウリ坊ウリ坊と呼んでいたので、エレーナもいつの間にかウリちゃんと呼ぶようになっていた。

「風呂で抱きかかえて……だと？」

「ぴきゅっ」

いかん、いかん。

ついウリ坊に嫉妬してしまった。

「最初はゴワゴワしていたのですけど、綺麗に洗って乾かしたらこんなにもふもふな毛並みになったんですよ！」

エレーナはそう言うと抱きかかえていたウリ坊の背中に顔を押し付け、ぐりぐりと擦り付ける。

猪の毛はかなり硬いと思っていたのだが。

異世界の猪だから？

まぁ元の世界でも実際に触ったことないからわからないけど。

「ぴぎゅううう」

彼女のスキンシップにウリ坊が悲鳴を上げている。

くそっ。エレーナに頬ずりされるなんて、うらやまけしからんのに悲鳴を上げるとか。

獣は何もわかっていない。

しばらくすると満足したのか、エレーナはウリ坊の毛から顔を上げて、ウリ坊を床に置いて解放した。

彼女の手から逃れたウリ坊は、そのまま逃げるように俺の足にすり寄ってくる。

無理矢理お風呂で洗われて、こいつも怖かったのかもな。

くっ、可愛い。一瞬でほだされてしまった。

動物の子供の破壊力と癒やし力には勝てなかったよ……

「まぁ、とりあえず一段落したし、腹も減ったから昼食にしようか」

俺はウリ坊を触りたい誘惑を振り切って、飯の準備を始める。

昼ご飯も朝と同様、パンにすることにした。

まずはトースターでパンを焼く。

香ばしい匂いが台所中に広がり、ウリ坊がトースターの前でぐるぐる回り出した。

どうやらこいつも腹が減っていたらしい。

ついさっき親を亡くしたばかりだというのに、野生の生き物は欲求に正直だな。

それか、あまりに幼すぎてよくわかってない可能性もある。

墓の前で悲しそうにしてた姿が遠い昔のようだ。

ウリ坊の餌は何がいいのかわからなかったのだが、エレーナがパンの耳を分け与えると嬉しそうに彼女の足元で食べ始めた。

犬や猫なら食べさせてはいけないものをある程度知っているけど、流石に猪についての知識はない。

たぶん雑食だったような、という程度のものだ。

どうやら畑で、チートの種ではなく茎を食べていたみたいだから、それをあげてみるか？

悪食(あくしょく)にも程がある。

もしかしたら人間には毒にしか思えないあの茎も、猪にとってはご馳走なのかもしれない。

あんな悪魔の茎が美味いとか信じられない。

そんなことを考えながら昼食を食べ終わった後、俺はエレーナに魔法について教えてもらうことにした。

彼女は自分で言っていた通り、火属性の魔法に関して、かなりの技術を持っているらしい。

火属性を持たない人の場合、扱える火はせいぜい火力強めなライター程度で、《ファイヤーボール》を放つことができる人はほぼいない。

そしてたとえ火属性を持っていたとしても、庭で見たような威力の魔法を放てる人は一握りだとか。

「その代わり、他の属性はからっきしダメです。回復魔法なども使えたらよかったのですが……」

エレーナはさっきウリ坊の親を助けられなかったことを思い出したのか、少し悲しそうに目を伏せる。

「色々できる器用貧乏より、突出した才能があるほうがその……かっこいいと俺は思うよ』

「そう……ですか」

「ああ。エレーナの魔法のおかげで俺もウリ坊も助かったんだからな」

そう励ましつつも、俺自身は才能の欠片もないことを思い出して内心落ち込んでいた。

なんせ属性も『無』だったわけだから。

ステータスが完全に脳筋のそれである。

あっちの世界では筋力より脳みそを働かせる仕事していたはずなのに。

「私、火属性の魔法だけは一生懸命勉強して特訓させられましたから」

俺も特訓したら使えるようになるのだろうか。

「ん？」

そこで俺はハッと昨夜のことを思い出した。

そうだ、エレーナとダークタイガーのことについて、彼女に確認しなければいけなかったんだ。

すっかり忘れていた。

「エレーナさん、今日街に行く予定なのは覚えているよね？」

「はい、街道に出てそれから街のほうへ行くのでしたよね」

女神様から場所は教えてもらったから、そこへ向かう予定だ。

予定と違うのはウリ坊というオマケも連れて行かなければならなくなったことくらいか。

まぁ、今の俺ならペットの一匹くらいは抱えて歩いても苦にならないから、問題はないだろうけど。

「それでさ、その前にエレーナさんに一つ聞いておかなければならないことがあるんだけど、いいかな？」

「私が答えられる範囲ならかまいません」

俺の真剣な眼差しに何かを感じたのか、彼女は居住まいを正して、そう返事をする。

「単刀直入に聞くけど、君は誰かに追われているのか？」

その言葉に彼女は一瞬目を見開いた。

「どうしてそう思うのですか？」

「だってあんな森の奥に、女の子が何も持たず、パジャマみたいな格好で一人でやってくるなんて不自然じゃないか。転送魔法装置でやって来たって言ってたけど、どう考えたって準備して出てきたようには見えなかったよ」

「そ、それは……」

「パジャマのまま着替える余裕もなく、まるで逃げてきたみたいな……かなり飛躍した俺の勝手な予想だけど、とにかく違和感があった」

女神様との会話で得た知識を喋りすぎると、森の外について何も知らないという俺の設定に齟齬が出てしまう。

でもその知識を伝えずに、推測に納得してもらうというのも中々難度が高い。

「それに、君の服の生地とか、丁寧な言葉遣いとか、ふとしたときの所作とか、お上品な雰囲気があるんだよね」

俺は間を置いて続ける。

「もしかして、君はかなりお嬢様なんじゃないか？　何故そんなお嬢様が、あんな格好で、転送魔法装置を使ったのか。俺には『何かから逃げてきた』くらいしか、理由が思いつかなくて……」

「……」

「そして、ダークタイガーの存在もちょっと気になるんだ」

「ダークタイガーですか？」

「俺はずっとここに住んでいるけど、家の近くでダークタイガーを見たのは初めてで、そもそも魔物自体、家の周りでほとんど見たことがない。君とダークタイガー。なんで、この場所に馴染みのない存在が、突然、立て続けに現れたのか」

ずっとここに住んでいたというのは嘘だが、本来この近くにダークタイガー級の魔物がいないのは女神様の言葉を信じるのなら本当だ。

俺が話を進めるにつれ、どんどん彼女の顔色が悪くなっていったのは、俺の推測が間違っていないということを表しているのだろう。

「もしかしたら、ダークタイガーも君と同じ転送魔法装置を使って、ここに来たんじゃないか？」

彼女は俺の言葉を聞いてから更に顔を青くし、怯えるように体を震わせた。

この反応を見るに、事態は俺が思っているより、かなり深刻なのかもしれない。

「よければ俺に君のこと話してくれないか？」

俺にできることであれば、彼女を助けてやりたい。

目の前で震えるこの娘を放っておくなんてありえない。

本当なら厄介事に首は突っ込みたくはないし、この森でスローライフを楽しみたいと思っている。

でも今、彼女を見捨てたら、罪悪感でのんびり生活なんてできなくなる。

それに俺には女神様からもらったスキルとチートの種がある。

ダークタイガーの牙すら跳ね除けたこの体なら、もし戦闘をすることになっても、なんとかなるはずだ。

エレーナのように魔法が使えれば無敵なんだが、今は持っている手段の中で頑張るしかない。

「私たちの問題に貴方を巻き込むわけにはいきません」

「もう手遅れだよ」

「えっ」

「エレーナさんに出会ってからまだちょっとしか経っていないけど、俺は君に情が湧いちゃったんだ。なんだか困ってるみたいなのに、それを見て見ぬ振りすることなんてできないよ」

「そんな……」

俺の言葉を聞いたエレーナは、足元をうろついていたウリ坊を拾い上げ、そのもふもふな毛に顔を埋める。

俺もモフりたい。

「ぴぎゅ」

でも擦り寄ってはくるくせに、何故か抱き上げようとすると逃げるんだよな、あいつ。

取って食われるとでも思っているのだろうか。

今度餌でもちらつかせて捕まえてみようか。

沈黙に耐えきれず、おかしな方向へ思考が流れてしまう。

「ぴぎゅ？」

そんな俺を見て、不思議そうに鼻を鳴らすウリ坊を、エレーナはギュッと抱きしめて、決心したように顔を上げた。

「タクミ様の言う通り、私は追手から逃げるために、転送魔法装置を使いました。でも、装置の暴走でこの森に飛ばされてしまった。今タクミ様のお話を聞くまでは、ただの装置の故障だと思っていたのですが……」

エレーナはそこで一旦言葉を切り、暗い表情になった。

「私が逃げるときに転送魔法装置を使うことを予想して、誰かが故意的に遠く離れたこの場所に座標を設定したのだと思います。そして、タクミ様の予想通りであれば、森に迷い込んだ私を殺すために、続けてダークタイガーを送り込んだのでしょう」

概ね俺の予想通りだったな。それにしても……

「そこまでして君を殺そうとした犯人に心当たりはある？」

「私を謀殺しようとしたのは、私の腹違いの妹のフォーリナ……だと思います」

「妹？」

何やら複雑なご家庭のようだ。それにしても腹違いの妹か。

前世で読んだ小説では、貴族は世継ぎを絶やさないために、何人もの妻を娶って子供をたくさん作っていた。

この世界でもそれが当たり前だということなのだろう。

「私はダスカール王国から来ました。そして、王国の二大公爵家の一つ、キーセット公爵家の長女なのです」

まじかよ。いいところのお嬢様ってレベルじゃねぇぞ。

俺は彼女と出会ってから自分が犯した数々の失態を思い出し、頭を抱える。

もしも公爵様にバレたら断頭台送りになるかも。

でも今の俺の体だとギロチンの刃とか効かないかもしれない。

「私はあの日まで、妹のフォーリナとはとても仲のよい姉妹だと思っていました。でも私がそう思い込んでいただけだったのでしょう」

「そ、それでエレーナ……様は」

「タクミ様。そんなにかしこまらずに、今まで通りお呼びください」

「わかった。それでエレーナさんは、どうしてその妹に命を狙われていると思うんだ？」

エレーナの話を簡単にまとめるとこうだ。

彼女はダスカール王国のキーセット公爵家長女で、ダスカール王国の次期国王、つまり皇太子の許嫁だったそうだ。

しかしそれが気に食わない一派があった。

それは現キーセット公爵の第一夫人の派閥である。

キーセット家には第一夫人の子である長男と次女のフォーリナ、第二夫人の子である長女のエレーナという三人の子供がいる。

この中で長男はキーセット家を継ぐ立場にある。

エレーナが皇太子の許嫁に決まったときには、まだフォーリナは生まれていなかった。

だが、フォーリナが誕生した頃から第一夫人は、第二夫人とその娘であるエレーナを排除しようとし始めたらしい
彼女の目的は自分の娘であるフォーリナを王妃にすること。

しかし単にエレーナを亡き者にしたとして、許嫁の座がフォーリナに転がり込むのだろうか？

他家に奪われる可能性もあるのでは、と俺が疑問を口にすると、エレーナが答えてくれた。

ダスカール王国の二大公爵家。

片方はキーセット家、もう片方はフィルモア家というらしい。

そして、代々王家との婚姻はそのどちらかの娘が交互に結ぶことになっているそうだ。

これは同じ力関係の公爵家に差をつけないための措置であるらしい。

そして今代、皇太子の許嫁を出すのはキーセット家に決まっていた。

つまりエレーナに何かあった場合、その座はフォーリナに移るわけだ。

両方の公爵家に娘が生まれない場合はどうするのかとか気になったが、そのときはそのときで何かしら決めごとがあるのだろう。

今はそんなことを気にする必要はない。

「あの日、私はフォーリナに誰にも言えないことで相談があるからと呼び出されました」

エレーナは辛そうにその日のことを語る。

「フォーリナは彼女の母親と違い、いつも私に優しく接してくれていたのです。ですからまさか彼女が心の中では私を憎んでいるなんて思わなかった」

フォーリナに呼び出された彼女は「お姉様に会っていることが母親にバレたら折檻されてしまう」と言う妹の言葉を信じて、使用人にも誰にも見つからないように公爵家の地下へ向かったのだという。

しかし、そこにいたのは妹ではなく――

「真っ黒なフードを被った男と、彼の使役する魔物が待ち伏せていたのです」

エレーナは目を閉じてそう言った。

男は魔物を操り、エレーナを地下の奥へ追い詰めていった。

「追われた私は必死で走り、地下の奥にある公爵家の者しか知らない部屋へ逃げ込み、その部屋にあった転送魔法装置を起動したのです。それは屋敷からの脱出用で、普段は使われていないものです」

その部屋は公爵家の者以外は存在を知らない秘密の部屋で、転送魔法装置も一見するとそれだとわからないように偽装されているのだという。

「だけど、部外者が知るはずもない転送魔法装置の、転送先が書き換えられていたということか」

「今考えると、彼はわざと私をあの部屋へ行くように誘導したのだと思います」

気がついたら、どことも知れぬ森の中。

「その後はタクミ様と出会ってからの通りです」

エレーナはそう言って、話を締めくくった。

フラフラと森の出口を求め彷徨い歩いていたときに、全裸の俺と出会ってしまったらしい。

正直すまんかったと思っている。

味方だと信じていた妹に裏切られたのか。

俺も妹と仲が悪かったが、流石に殺したいと思うほど憎まれてはいないはずだ。

たぶん。

俺が死んだことも少しは悲しんでくれていると思いたい。

「ぴぎゅう？」

重い沈黙の中、エレーナがウリ坊の毛にまた顔を埋める。

「なるほどね」

俺はそんなエレーナを見つめながらつぶやき、頭の中で話を整理する。

男が使役していたというダークタイガー。女神様の話だとかなり強い魔物のようだ。

それを使役できるほどの力を持つ人物と考えると、かなりの実力者なのだろう。

そんな男を囲っている、第一夫人とフォーリナか。

まともに殴り込みに行っても、今の俺だと勝てるかどうかわからないな。

なんせ狼にすら勝てなかったくらいだ。

いくらチートの種でステータスだけ上がっても、それを使いこなす技術がなければ、力を発揮することはできない。

心技体の体については十分だとして、心と技を鍛える必要がある。

いつまでも魔物に怯えているわけにはいかないし、人と戦うときのことも考えないといけない。

ここは日本じゃなく異世界だ。人と戦うことだってあるかもしれない。

このまま我が家にいても、追手が調査にやってくるのではないか。

ジッとしていても危険なら、逆に敵のところに潜入してみるか？

正面から殴り込まないで、不意打ちしたら倒せるかも。

いや、その前にそもそも彼女がこの先どうしたいのか聞いておく必要がある。

国に戻って第一夫人と妹と対峙するのか、それとも――

「エレーナさん」

「……」

エレーナは俺の呼びかけに反応し、ウリ坊の毛の中から少しだけ顔を上げる。

「エレーナさんはこれからどうしたい？」

「私……ですか？」

「そう。君がこれからどうしたいかで俺のやることが決まるからね」

「タクミ様の？」

彼女は僅かに首を傾げる。

「さっきも言ったけど、俺も協力するよ。エレーナさんがどうしたいのかによって、俺も考えなきゃいけないことがいっぱいあるし」

「私は……」

エレーナはウリ坊の背中から顔を上げ、真剣な表情でしばし考えると、俺の目を見つめ言った。

「私はお母様を助けたいです」

それは予想していたどの答えとも違っていた。

俺はすっかり見落としていたのだ。

彼女の母親、つまり第二夫人のことを。

エレーナを殺そうとしているのだから、第二夫人も危険な状況に置かれているだろう。

「第一夫人であるレノアール様は、父の愛を奪ったと、ことあるごとに私たちを責めていましたので、私が死んだ機会に乗じて、お母様にまで手を出す可能性があります」

なるほど。

第一夫人レノアールの目的は、フォーリナを王女にするだけではなかったのか。

「母は父を愛してはいないというのに」

「へ？」

エレーナの母親をどう助けるかを考えていると、エレーナから突然そんな言葉が飛び出した。

「それってどういう意味なんだ？」

「そのままの意味です。私の母は父のもとへ政略結婚で嫁いできたのです」

ああ、なるほどね。

貴族同士の結婚は愛し合ってするものじゃなく、そのほとんどが政略結婚だ……と前世のファンタジー小説で読んだ。

「母の実家は男爵家で、公爵主催の舞踏会に招かれたときに見初められたと聞いています」

「公爵と男爵だとかなり身分差がありそうだけど……」

「はい。ですので母は求婚を断ることができず。当時既に結婚相手は決まっていたのに、それを反故にしてまで嫁がざるをえなかったのです」

貴族社会も大変だな。

現代日本で、庶民として生まれ育った俺には到底理解できない世界だ。

「それでも、母も実家の男爵家も最初は断ろうとしたのだそうです」

そこでエレーナは少し悲しそうに目を伏せる。

「ですがそんなことが許されるわけもなく、母の実家は取り潰され……」

それで嫁ぐしかなくなったということか。

酷いことをしやがる。

でもこっちの世界、いや、ダスカール王国ではそれが普通のことなのかもしれない。

というか元の世界でも昔はそういうことが普通に行われていた。

時と場所によって常識は変わる。

俺の常識が他人の常識とは限らない。

だがエレーナの話を聞く限り、彼女たち男爵家側の価値観と俺の価値観は近く思える。

「だから私はお母様を……母を助けたいのです」

俺はそのエレーナの真剣な表情にどう答えるべきか考えた。

彼女の母親を助ける。それにはどうすればいいのか。

できるだけ急いだほうがいいのはわかっている。

だが、ダスカール王国へ行く方法どころか、俺にはここがどこかすらわからない。

となれば、まず予定通り街を目指して、情報を集めることから始めるしかないだろう。

「わかった、エレーナさんのお母さんを助けよう」

俺は決意を込めてそう口にすると、彼女に向けて片手を差し出した。

「ありがとうございます。タクミ様」

エレーナの小さな手が俺の手と重なり、温かさが伝わってきた。

「ぴぎゅう」

彼女の腕の中でウリ坊も声と足を上げる。

言葉はわかっていないと思うが、意外とノリのいい獣だ。

「そうと決まれば善は急げだ」

俺はエレーナと早速街へ向かう準備を開始した。

留守の間、この家には誰もいなくなる。

狼程度なら雨戸を閉めておけば、家の中に侵入されることは防げるだろう。

もしこのあたりに熊みたいな獣がいたらどうしようもないが、他に防ぐ手段はない。

家に獣か泥棒が入ったときのことを考えて、種は全部持っていこう。

大事な種を獣に食われたり、盗賊に盗まれたりしては洒落にならない。

あと心配なのは『女神ちゃんねる』だけど……

そういえば親父が昔ポータブルテレビを買ったとか自慢していたな。

キャンプに出かけた先でテレビを見るのに使うとかなんとか。

あれに電波（？）が届くのなら、リビングのテレビじゃなくても、『女神ちゃんねる』に繋がるんじゃなかろうか。

後でエレーナに魔力を補充してもらって試してみるかな。

それから、あとは――

ぴんぽぴんぽぴ～んぴぽぴぽぴん♪

俺が準備を進めていると、家中にコンビニで聞き慣れたあのメロディが突然流れた。

これはもしかして玄関チャイムか？

あの女神様、人んちのチャイムをコンビニ仕様にしやがった。

「それはそれとして、いったい誰が訪ねてきたんだ？　まさか追手か？」

玄関チャイムを律儀に押す追手というのもシュールだが、エレーナを捜しに来たやつが、そうと気づかせないように、一般人を装っている可能性もある。

「エレーナ。しばらく氷室の中に隠れていてくれないか？」

「どうしました、タクミ様。さっきの音はいったい……」

「あれは玄関に誰かがやってきたことを知らせる音だよ。君を捜しに来た追手かもしれない」

チャイムの説明とか細かくしている暇はなさそうなので、簡単にそう伝える。

「気をつけてくださいね」

玄関に向かう俺の後ろで、冷蔵庫の扉が開閉する音がした。

この家の中ならあそこが一番安全だろう。

何故なら外から見ただけだと、あの冷蔵庫の中が謎の貯蔵庫に繋がっているなんて思わないからな。

「本当に追手だったらどうしよう……」

俺は用心しつつ、足を前に進め、玄関に近づく。

ぴんぽぴんぽぴぴ～んぴぽぴぽぴん♪

そうこうしている内にまた聞き慣れたメロディが流れる。

陽気なメロディが今はなんだか不気味に感じる。

しかしこのまま居留守を使って、玄関を蹴破られたりしても困る。

扉までの数メートルを思い切って一気に詰め、ドアスコープから外の様子をうかがった。

考えればリビングのテレビで、監視カメラをチェックすればよかったのだが、そこまで考える余裕がなかったのだ。

「……あれ？　女の子？」

ドアスコープの魚眼（ぎょがん）レンズ越しに見えたのは、楚々とした少女の姿だった。

背丈はエレーナとほとんど変わらないように見える。

その姿は、とてもじゃないが俺のイメージする追手とは結びつかない。

だが、こんな森の奥にやってくるような人物でもない。

スコープで見る限り、彼女以外の人影は見えないが、俺の視界の範囲外に隠れている可能性もある。

とりあえずこのまま覗いていても埒が明かない。

俺はドア越しに声をかけることにした。

「どちら様でしょうか？」

「少々お尋ねしたいことがございまして、おうかがいしました。よろしいでしょうか？」

おっとり気味の喋り方だ。その優しげな声からは悪意は感じられない。

まぁ追手だったら、俺みたいな素人に正体を悟らせはしないのだろうが。

しかし、声をかけてしまった以上、このまま扉越しで会話を続けるのは失礼な気がしてきた。

ずっと外に出てこないっていうのも、何かを隠しているみたいで怪しまれるか……

今の俺のステータスなら、突然襲いかかられてもどうにかなるはずだ。

「今、開けますね」

俺は決心して扉の鍵を開けた。

「ありがとうございます」

扉を開くと、小柄な女性が深々と頭を下げる。

俺は彼女が頭を下げている内に周囲を確認するが、彼女一人だけしかいないようだ。

どこか浮世離れした雰囲気を醸し出す彼女を、玄関に招き入れ、尋ねる。

「それで俺に聞きたいことってなんでしょうか？」

本当は、なんでこんな森の中にいるのかとか、こっちが聞きたいことばかりなんだがな。

「最近この近くで私くらいの女の子を見かけなかったでしょうか」

それはおそらくエレーナのことだろう。

どうしよう。

やっぱりこの人は第一夫人の放った追手なのかもしれない。

普通の少女の振りをして俺から情報を引き出そうとしているのか？

だが逆に彼女を救いに来た、彼女の味方かもしれない。

本当のことを言うべきか。それとも嘘でごまかすべきか。

「ぴぎゅう」

そのとき俺の足元をすり抜け、ウリ坊が飛び出す。

「あらあら、うふふ」

そして、そのまま玄関に立つ女性の足にじゃれつき始めた。

「あっ。おいこら、ウリ坊、お前っ」

「あらあら、構いませんよ」

俺がウリ坊を捕まえようと手を伸ばすと、彼女はそれを制止するように言ってから、屈み込んで足元のウリ坊を抱き上げる。

結構高級そうな服を着ているのに、獣の臭いがつくのも厭わず、彼女はウリ坊の頭を優しく撫でていた。

「ぴきゅうぅ」

気持ちよさそうに目を閉じて鳴くウリ坊。

俺は服を汚してしまうのではと気が気でなかったが、彼女は全く気にしていないようだ。

一応エレーナがウリ坊を綺麗に洗ったばかりだから、泥汚れとかはないだろうけど。

どうすればいいかと焦っていると、俺の背後から声がした。

「おかあ……さま？」

振り向くと、そこには柱の陰からこちらの様子をうかがうエレーナがいた。

エレーナは信じられないものを見たというような表情を浮かべている。

何やってんだエレーナ！

隠れてろって言ったのにまたこの娘は……っていうか『お母様』⁉

「あらあら、うふふ」

エレーナの言葉を聞き、俺は玄関先に佇む少女に視線を戻す。

お母様って、この人がエレーナの母親？

嘘だろ？

どう見てもエレーナくらいの歳の娘がいるようには見えないぞ。

母親と言うより、姉妹だ。

「お母様……ですよね？」

「やはり娘はここにお世話になっていましたか」

娘……

俺はエレーナと目の前の女性を何度も見比べる。

確かに顔立ちはよく似ている――ように思える。

でもどう見ても『母親』という歳には見えない。

むしろ、エレーナより幼くも見える。身長もエレーナより少し低いんじゃないだろうか。

「やっぱりお母様でしたか。またそんな格好をして！」

エレーナが、何故か強い口調でそう言いながら、玄関まで歩いてくる。

何やらお怒りのようだ。

「あらあら、若いお母様は嫌い？」

「そういう話ではありません」

外見のことも気になるが、何故こんなところに彼女までやってきたのかを、まず聞きたい。

あと救助対象が向こうからやってきたせいで、さっきまで溢れていた俺のやる気が行き場を失ってしまったじゃないか。

「お母様。元の姿に戻ってください。タクミ様も困惑されているじゃないですか」

エレーナは俺の様子をうかがうようにしながら、母親に言う。

まぁ、確かに困惑はしていたけど、今はエレーナのその言葉のせいで、困惑がマックスだよ。

元の姿にって、今俺が見ているこのお母様の姿は偽物ってことなのか？

まさか姿を変える魔法でも使えるのだろうか。

すげぇ。魔法世界すげぇよ。

「はぁ、わかりました。最近、娘が反抗期で困りますわね」

お母様は片頬に手を当てて少し首を傾げるような仕草をしながら、空いてるほうの手で指をパチンと鳴らした。

するとの前のお母様の姿が一瞬揺らいだかと思うと……

「!?」

そこには先ほどまでと全く違う……こともない、成長した小柄な女性が立っていたのだった。

エレーナより年上の容姿になったその女性は、優しく微笑みながら俺のほうを向く。

「タクミ様、この度は我が娘エレーナを保護していただき、真にありがとうございました」

そうお礼の言葉を告げる彼女の姿に目を奪われた。

いや、正しくは彼女の顔の下半分にある——

「髭（ひげ）っ！！！！！」

長い長い白髭から目が離せなかった。

髭とエルフ

玄関で長話をするのも悪いので、俺たちはリビングに移動した。

安物のソファーに優雅に座って、俺が淹れた緑茶を珍しそうに飲む、エレーナのお母さん。

彼女はエリネスと名乗った。

最初、エリネス様と言ったら、エリネスさんと呼ぶように訂正された。

エリネスさんは一メートル近くはありそうな、長い白髭を膝の上に綺麗に巻いて、横で気持ちよさそうに眠るウリ坊の背中を撫でながら、微笑んでいる。

対面に座った俺とエレーナは、突然現れた彼女に困惑しながらも、話を聞くことにした。

「タクミ様は先程私の髭にとても驚いていらっしゃいましたが、もしかして私たちのようなドワーフ族とお会いになったのは初めてなのですか？」

「えっ、ドワーフって、あのドワーフですか？」

ドワーフって言ったらあれだろ。

ずんぐりむっくりでヒゲモジャで、酒が大好きで鍛冶が得意で、窖とかに住んでいる種族だ。

あくまでも俺のイメージだけど……

しかし、目の前のエリネスさんは、髭以外、全くドワーフとの共通点が見い出せない。

エレーナに至ってはその髭すらないわけで、ドワーフと言われてもピンとこない。

いや、小柄という特徴はあるが、体形はどちらかと言えばスリムで、ずんぐりむっくりではない。

「タクミ様の仰る『あのドワーフ』というのがどのドワーフかわかりませんが、一応ドワーフ族という存在自体はご存じなのですね」

「あ、はい。でも俺の知っているドワーフのイメージと、エリネスさんやエレーナさんは全く違っていまして……」

「あらあら、タクミ様の知っているドワーフのイメージとはどういうものなのか、興味がありますわね」

白く綺麗な髭を撫でつつ微笑んだエリネスさんに、俺の中のむさ苦しいドワーフ像は言いにくい。

答えに困っている俺の心境を汲んだのか、俺が答える前にエレーナが口を開いた。

「そんなことよりお母様、どうしてここに？」

今一番聞きたいのはそのことだ。

二人がドワーフだということも気になるが、それは後で聞けばいい。

「あらあら、まあまあ。それは貴方を捜しに来たからに決まってるじゃないですか」

「それはそうでしょうけど、いったいどうやって」

「それはもちろん貴方と同じように、転送魔法装置を使ったのですわ」

彼女は気持ちよさそうに丸まっているウリ坊の背中を撫でながら、優しい微笑みを浮かべ、答えた。

確かに転送されたエレーナの後を追うなら、同じ方法を使うのが一番だろう。

犯人は彼女を追放した後も、装置の座標をそのままにしていたのか。

俺がその疑問を口にすると……

「もちろん犯人は座標を元に戻していましたわ。ですが、私にかかれば転送履歴を調べることなど簡単なこと」

流石に犯人もバカではなかったか。

って、転送履歴？

「お母様は元々魔道具の研究者を目指していたのです。結婚前までずっと研究をしていたそうで」

俺の疑問はエレーナのその言葉で解決した。

女神様の話では、転送魔法装置はこの世界ではロストテクノロジーだったはずだ。

犯人一派は簡単な使い方しか知らなかったが、魔道具の研究をしていたエリネスさんがそれより更に詳しい使い方を知っていたというわけか。

「しかし……座標を変更する方法を知っているのも、普通はありえないのですけれど」

「そうなんですか？」

「ええ。現存する魔道具については、その持ち主でさえもまともに使い方を知らないことが多いのです」

首を傾げてそう言うエリネスさんに、更に質問してみる。

「それでエリネスさんは転送履歴を調べて、この森へ一人でやってきたということですか。危険すぎませんか？」

「本当は捜索隊を送るつもりだったのですが……」

彼女は「ぴきゅーぴきゅー」と寝息を立て始めたウリ坊から手を離すと、その手のひらを自らの顔の前で上向きにする。

するとその手のひらに、占い師がよく使う水晶くらいの光の玉が現れた。

「それって」

「見ていてください」

エリネスさんの言葉に従って、その光の玉を見つめると、玉の中に映像が浮かび上がってきた。

「実はエレーナがいなくなったことに気づいた直後に、私も魔物に襲われてしまいまして。追い詰められるまま、公爵家の地下に逃げたのです」

その光の玉に映った映像の中で、エリネスさんは複数匹の魔物に取り囲まれていた。

あれはゴブリンってやつか？

醜く歪んだ顔と高い鼻、尖った耳とくすんだ土色の肌。

元は妖精だった気がするが、そんな面影はどこにも残っていない醜悪な見た目だ。

ゲームなんかではよく雑魚モンスター扱いされているが、集団で動き、武器や防具を使うくらいの知能がある。

だから、実際相手にしたら簡単に倒せる魔物ではないだろう。

「数匹くらいなら倒して逃げることもできたのですが、次から次へと湧いてきて、倒してもきりがないと判断して逃げることにしたのです」

映像の中のゴブリンが次々とエリネスさんに迫る。

それぞれが棍棒（こんぼう）や錆（さ）びた剣などを持ち、一部は盾までも装備していて、とてもではないが一人で倒せる相手には見えなかった。

「それでエレーナさん同様、地下の奥にある転送魔法装置で脱出したわけですか」

「はい。そこでエレーナもしかしたらこうして襲われたのではないかと思い当たりまして、転送履歴を調べたら、怪しい転送先があったので、ここに来たのです」

襲われている最中だというのに、ずいぶん冷静だな。

「エルフの領域に飛ぶのは勇気がいりましたが、娘の行方を捜すためにも、他に選択肢がなかったのですわ」

「もしかしてここはエルフの国なんですか？」

エリネスさんの言葉に俺は思わず立ち上がる。

エルフってあのエルフだよな？

全員美形で、耳が尖っていて、森の賢者とか言われて、そして余所者に冷たいっていう。

エルフの国なんて、厨二病心をくすぐられる単語を出されて、少しテンションが上がってしまった。

「あら？　タクミ様はこの地に住んでいるのですし、ご存じなのではありませんか？」

「あっ、いや、その……俺はこの家の周りから離れたことがなくて」

俺はしどろもどろになりながら座り直す。

正直自分でも苦しい言い訳だと思うが、エレーナにはそれで通じたしなんとかなるだろう。

そんな思いでエリネスさんの顔をうかがうと、彼女は先程までと変わらぬ表情で微笑んでいた。

くっ、読めない。

「お母様、ここがエルフの領域だというのは本当のことなのですか？」

今度はエレーナが声を大きくして立ち上がり、エリネスさんに問いかける。

というかエルフの領域だからなんだというのだろう。

あれか？

エルフとドワーフは仲が悪いとか、そういうことか？

「ええ。この場所があの転送魔法装置に設定されていた座標であるならば、間違いありませんわ」

「そうですか……でしたらすぐに国に戻るのは難しいですね」

エレーナは落胆したようにつぶやくと、ソファーにドサリと座り込む。

「あのエルフたちが私たちをすんなりと国に帰してくれるわけないでしょう。エレーナ、最悪私たちの命が奪われるかもしれません」

「そんなっ。ではどうすれば」

二人のやりとりを聞きながら、俺は何がなんだかわからなくて戸惑っていた。

エルフとドワーフの仲が悪いとしても、そんな命にかかわるほど険悪なのか？

「ちょっと待ってくださいよ。エルフってドワーフにとってそんなに危険な存在なんですか？」

「そうですわね。タクミ様にはこれからもご迷惑をおかけするかもしれませんし、きちんと話しておくべきでしょう」

「お母様、まさかタクミ様を巻き込むおつもりですか」

俺を巻き込む？

エレーナには、俺も協力すると伝えたはずなんだがな。

「ここがエルフの国である以上、私たちが無事に国に帰るためには、タクミ様にお願いする以外に選択肢はございません」

「ですが……お母様」

あれ？

もしかして俺が思っていた以上にヤバイ状況に巻き込まれそうなのか？

俺は言い争う母娘の姿を見て、エレーナに協力すると言ったことを、少しだけ後悔し始めていた。

そして、エリネスさんによる、ドワーフとエルフの昔話が始まったのである。

◆　◆　◆

話は数百年前に遡（さかのぼ）ります。

かつてエルフとドワーフは共に助け合う、共存共栄の関係でした。

その関係を更に深めようと、あるときそれぞれの代表が、お互いの息子と娘を結婚させる約束を交わしたのです。

そしてエルフの王子とドワーフの王女、二人の結婚式当日にそれは起こりました。

誓いの儀式で、大司教様が二人に口づけを促したとき、突然エルフの王子がこう叫んだのです。

「やっぱり俺には無理だ！　こんな髭女と結婚するなんて虫酸が走るっ！」

売り言葉に買い言葉というのでしょうか、ドワーフ族の姫もそれに対し、黙っていませんでした。

「なんだと！　このモヤシ野郎っ！　アタシだってアンタみたいなクソヒョロで、髭も筋肉もないガリガリと結婚なんざ、ゴメンだね！」

結婚式場の壇上で突然始まった大喧嘩が会場中を巻き込むのに、そう時間はかかりませんでした。

王子は周りに美男美女がいる環境で甘やかされて育ち、逆に王女はガチムチオヤジどもに育てられたため、私たちドワーフ族と彼らエルフ族はあまりにも異性の好みが違ったのです。

ドワーフ族の女性は、髭が立派な強い男性にしか惹かれません。

一方、エルフ族の男性は線が細く、髭もない女性にしか、興味が持てなかったのです。

その日以降、ドワーフ族とエルフ族の仲は決定的に拗れ、一部地域での細々とした交易を除けば、ほぼ国交が断絶した状態になってしまったのです。

◆　◆　◆

俺はあまりのしょうもなさに頭を抱えた。

だが、絶対に譲れない価値観の違いによって拗れた関係を修復するのは、かなり困難なのもわかる。

「数百年の間に誰か種族の仲を取り持とうとしなかったんですか？」

「何度か人間族を挟んで解決策を探したそうですが、やっぱりその度に大喧嘩になってしまったそうなのですわ」

「人間族の担当者、もっと頑張れよ」

といっても、俺ならそんな険悪な二種族の仲を取り持てと言われても、絶対断るか。

胃に穴が開くどころか、胃がなくなるわ。

「そして五十年ほど前に、更に恐ろしい事件が起こりました」

まだ何かあるのかよ。

って、その話の流れで恐ろしい事件って……

「エルフ族のことをよく知らないドワーフ族の若者の一団が、好奇心で国境を越え、エルフ族の領地に侵入してしまいまして……」

「まさか……」

「ええ、そのまさかですわ」

まじか。

密入国で捕まって、ドワーフの若者たちが殺されたのだとしたら、もう関係の修復は不可能だろう。

最悪戦争になる案件だ。

「彼らがエルフ族の領地から退去を強制されたとき――」

えっ、処刑されたんじゃないの？

命を取られるとか言っていたから、てっきりそうなのだと思っていた。

俺は少し安心してエリネスさんを見ると、彼女はその両目を赤くして涙を流していた。

「えっ、どうしたんですかエリネスさん!?」

慌てて彼女にハンカチを渡そうとポケットに手を入れると、今度は隣から「ぐすっ」という鼻をすする音が聞こえてくる。

もちろんそれはエレーナだ。

彼女も目を真っ赤にして涙を流している。

えええええぇぇぇ……

「いったいその若者たちに何があったんですか？　まさか殺されるよりもっと酷い目に？」

とんでもない拷問を受けて、命だけは助かったというような状態だったのだろうか。

グロ耐性の低い俺としてはあまり聞きたくはないが、今それを聞かないと、この話は終わりそうにない。

「そうなのです。エルフ族は彼らの……ドワーフ族の命とも言える、やっと生え揃った髭を全て剃ってツルッツルにしたのですわっ！」

エリネスさんの言葉の直後、声を上げて泣き出す二人。

そしてその状況に困惑する俺。

「もし私たちがエルフに見つかれば、同じような辱(はずかし)めを受けるに違いないのですわ」

「怖いです、お母様っ」

立ち上がり抱き合う二人と、ついていけない俺。

そしてソファーの上で我関せずと、眠り続けるウリ坊。

これもまた価値観の違いというやつなのだろう。

ドワーフ族の髭を公の場でバカにした王子は、確かに最悪の選択をしたということも理解した。

ドワーフ族にとって、髭とは命に等しいもののようだ。

あれ？　だったらエレーナはなんで髭が生えてないんだ？

少し落ち着いた様子の二人に向かい、俺は疑問を投げかけてみた。

「ちょっと聞きたいことがあるんですけどいいですかね？」

「ぐすっ……なんでしょうか」

エレーナが鼻の頭を赤くしながら、顔を俺に向ける。

やっぱり髭はないよなぁ。

「エレーナさんって、ドワーフ族なんですよね？」

「はい」

「なのにどうして、エレーナさんには髭が生えてないのかなと」

もしかしたら聞いてはいけない地雷なのでは？　と尋ねてから思ったがもう遅い。

口にしてしまったからには返事を待つしかない。

「ぐすっ……」

エレーナが顔を赤らめて、俺から目を逸らす。

やっぱり聞いてはいけないことだったのか。

そう思っていると、彼女を優しく抱きしめたエリネスさんが俺の疑問に代わりに答えてくれた。

「それはエレーナがまだ成人前だからですわ」

成人前か。

まぁ、エレーナは見かけは高校生くらいにしか見えないし、実年齢も十九歳なのだから成人前と言われても『そうなんだ』としか思わないけど。

「ドワーフ族。特に女性の場合は成人になるまでは髭が薄いのです。エレーナの場合はかなり薄いほうですね」

髭が濃い美少女とか誰得なんだよ。

もちろん俺にそんな性癖はない。

もし最初に出会ったとき、エレーナに髭があったら俺はどうしていただろうか……

「お母様っ。もうそれ以上は言わないでくださいっ。恥ずかしいです」

エレーナがさっきより顔を赤くして、母親の肩に顔を埋める。

どうやら俺に顔を見られたくないようだ。

「あらあら。まだまだエレーナは子供ですわね。でも成人したらもう少し精神的にも成長してもらわないと困りますわね。タクミ様もそう思いますでしょう？」

「えっ」

そんなことを俺に聞かれても、どう答えたらいいのかわからない。

「エレーナさんはもう十分大人だと思いますよ。むしろ俺のほうがまだまだ子供っていうか……何も知らないっていうか、助けてもらってばかりで」

なので俺は素直に、思いついたままの言葉を返すしかなかった。

「あらあら。タクミ様のような方にそう言ってもらえるなんて、私がしばらく見ないうちにエレーナも大人になったのですわね」

そんな俺を意味深な笑顔で見る、エリネスさんと目が合う。

この人、俺をからかっているのかも。

ぐぬぬ。

「あらあら、うふふ」

読めない。

この人の思考が読めない。

口元が髭で隠れているせいもあるのだけど、それにしても不思議な人だ。

ドサリ。

俺は心底疲れ果てソファーに腰を落とし、もう深く考えないことに決めた。

転生してからまだそんなに経っていないわけで、この世界の常識を知るには全然時間が足りていない。

女神様の力で、この世界の知識を脳内にインプットするくらいはしてくれたらいいのに。

あんな『女神ちゃんねる』なんていう役に立たないものじゃなくてさ。

しばらくすると落ち着いたのか、エレーナが俺の隣に戻ってくる。

「それではタクミ様」

改めて対面に座ったエリネスさんは、優雅な仕草で冷めたお茶を一口飲んでから言った。

さっきまでのからかうような表情と違い、少し硬い顔をしている。

「貴方様にお願いがあります」

「俺のできることなら」

「私たち二人はダスカール王国に帰らねばなりません。目的のためなら人を殺すことも厭わない第一夫人たちに、権力を渡すわけにいきません」

「わかりました」

この家でエレーナと二人で暮らすことをほんの少しだけ妄想したが、流石にそれはありえないとは思っている。

「先ほどお話ししたように、我々ドワーフ族はエルフにその存在を知られると、大変なことになります」

「捕まって髭を剃られるということですか」

「そういうことです。なので私と娘は旅をしている人間族を装って、王国に戻るつもりです。幸い娘は見ての通りまだ髭も生えておらず、見かけ上は普通の人間族と変わりありません」

それについては、話を聞いても、未だにエレーナがドワーフだということが信じられないくらいだ。

ひっそりと《鑑定》でもしてみるか。

確か種族の欄もあったはずだし、そこで確認できるはず。

「人間族の方が、タクミ様が一人いてくださるだけで、すごく心強いのです。ここは辺境の地で女二人で歩くには、治安も心配ですし……」

ここって辺境なんだ。

後でエリネスさんに簡単な地図でも書いてもらおう。

「私もエレーナも自分の身は自分で守れるくらいに魔法を使えますが、私たちがむやみに魔法を使えばエルフ族にドワーフ族だと知られる恐れがあります」

「そうなんですか？」

「ええ。エルフ族は水と風の魔法を得意としているのですが、私たちのように火属性の強力な魔法を使える人はほぼいないと聞いていますわ」

そういうところはイメージ通りだな。

「でも人間族を装ってるなら、水と風以外の魔法を使っても疑われないんじゃないですか？」

「よほどのことがなければバレないと思っていますわ。ですので、言い方が悪いのですがタクミ様は保険なのです」

保険か。

「それで今すぐにでもダスカール王国に向かうつもりですか？　俺はこの世界――家の周り以外のことはほとんど知識がなくて。魔導器具の使い方もエレーナさんに教えてもらって初めて知ったくらいなんですが」

「あらあら」

「そうなのですお母様、タクミ様はとても不思議な方で……」

その後、エレーナが俺のことを一通り説明すると、エリネスさんは改めて俺に向き直り、口を開いた。

「それなら仕方ありませんね。急ぐ旅でもありませんしね」

急ぐ旅じゃない？　今すぐ帰らなきゃいけないんじゃないの？

俺がその言葉に困惑していると、彼女は微笑んで言葉を続けた。

「そういうことであれば、しっかり準備をしてからダスカール王国へ向かいましょう。今のところ、私とエレーナは行方不明となっているはずですから、そう簡単に婚約は破棄できないはずですわ」

「あ、ありがとうございます……」

この世界のことを何も知らない俺からしたら、彼女のその提案はありがたい。

「タクミ様。時間が経ちすぎてしまったので、街に行くのは明日にして、そこで旅に必要なものも揃えましょう」

エレーナがそう提案する。

「まぁ、街に行く予定だったのですね。森を出るときは私の髭は『光魔法』を使って隠しますから、安心してください」

「お母様はとても強い光魔法の使い手なのです」

エレーナによると、最初訪れたときのあの姿も、さっき見せてくれた水晶玉っぽい過去映像の投射も光魔法の一つなのだそう。

残念ながら俺の中のイメージと違って、回復系の魔法ではないらしい。

少しがっかりしたが、この世界には薬草を煎じて作る回復ポーションが存在するということをエレーナから聞いて、やる気が出た。

薬草、つまり植物なら俺の《緑の手》の領域だ。

ポーションの作り方は勉強する必要があるが、光が見えてきた。

「それではタクミ様、しばらくの間お世話になってもよろしいでしょうか？」

「ええ、こちらこそ。外の世界のこと色々教えてください」

「あらあら、うふふ。ええ」

ガツン！

バゴン！

「な、なんの音だっ」

突然響いたその音で、俺たちに緊張が走る。

「あらあら。どうやらゴブリンたちがこの家を見つけてしまったようですね」

エリネスさんが窓の外を見て、そうつぶやく。

「ゴブリンってさっき映像で見た、あの？」

「ええ、そうですわ。たぶん私を追って転送してきたのでしょうね」

つまりエレーナのときと同じってことか。

俺もリビングの窓から外を見ると、醜悪なゴブリンどもが家の周りの柵をガンガン殴っているのが見えた。

かなり知能が低いのか、それとも使役されて決まった行動しかできなくなっているのか……

「あれなら俺でも倒せそうだな」

俺は二人に「ゴブリンどもを殲滅（せんめつ）してきます」とだけ告げて、玄関に向かった。

靴を履いていると、後ろからエレーナが追いかけてきた。

「タクミ様、危険です」

「大丈夫だよ、どう見てもダークタイガーより弱そうだし。それにゴブリンは狼みたいに素早くないだろ？」

「それはそうかもしれませんが」

俺はエレーナの小さな頭をポンポンッと軽く叩いて笑顔を向けると、「俺にもかっこいいところを披露させてくれよ」と玄関を後にした。

狼との戦いでは無様な姿をさらしてしまったからな。

正直言うと、魔物と戦うのは今でも怖い。

だけど俺のステータスなら、ゴブリンの攻撃が直撃してもかすり傷程度で済むだろう。

ダークタイガーですら一撃で倒せたんだ、ゴブリンも同じように一撃で倒せるはずだ。

物騒な戦いに自ら首を突っ込んでいるのは、結局可愛い女の子に少しはかっこいいところを見せたいという下心でしかないのかもしれない。

狼相手に使っていたエレーナの爆裂魔法なら、ゴブリンを一撃で殲滅できそうだが、また彼女に助けられるのは情けなさすぎるだろう。

俺は庭に出ると軽く準備運動をする。

続いてエレーナとエリネスさんも家から出てくる。

中で待っていてくれたほうが安全なのに、何故いつもこの子は出てくるのだろうか。

「タクミ様」

「危険だから中にいてくれないかな?」

「嫌です!」

即答で断られてしまった。

「あらあら。この子はタクミ様の活躍を間近で見たいのですわ」

エリネスさんのおっとりとした声に、エレーナの顔が一瞬で赤くなる。

あれ?

もしかしてこれって脈アリってこと? 俺、髭を伸ばすべきなのかな。

そう思いつつエリネスさんを見ると、彼女の立派な髭が綺麗になくなっていた。

エルフたちが現れる危険性を考えて、魔法で隠してから外へ出てきたのだろう。

「ドワーフ族の女は立派な髭以上に、強い男に惹かれるのですわ」

「もうっ！　お母様は黙っててくださいっ」

顔を真っ赤にして、ぽかぽかとエリネスさんの胸を叩くエレーナ。

エレーナの顔から火が出そう。火属性だけに。

「ぴぎゅう」

「あらあら、この子も見学に来たみたいですわね」

さっきまでソファーで寝ていたはずのウリ坊がエリネスさんの足にじゃれついている。

魔法が使える彼女たちはたぶん戦えるだろうけど、ウリ坊は役に立ちそうにないんだが。

「仕方ない。それじゃあ行ってくるんで、二人は万が一に備えていてください」

「わかりましたわ」

「はい」

「ぴぎゅう」

二人と一緒に、ウリ坊も返事をする。

俺は二人と一匹の視線を背に、ゴブリンたちのところに向かう。

ばきっ。

ばららららっ。

ゴブリンが殴っていた柵が壊れ、俺のほうにゴブリンが走ってきた。

飛び込んできた一匹目の顔面をまずは一発。

引いた右腕を、一気に前に突き出す。

ボクシングでいうストレート、空手でいう正拳突きみたいな動きで突き出した拳が、ぐんにゃりとゴブリンの顔面に刺さった。

ばんっ。

拳に嫌な感触がしたと思ったら、一瞬でゴブリンの頭が吹き飛び、その体も黒い霧となって消え去る。

ダークタイガーのときもそうだったが、グロ耐性の低い俺にとって、死体を残さず消えてくれる魔物は非常にありがたい。

「いけるな。でも軍手くらいはめてくるんだった」

手に残った嫌な感触を振り払いながら、俺は次の獲物に向かう。

一匹目を倒している間に、崩れた塀の間から数体のゴブリンが既に庭に入り込んでいた。

「グギャギャギャギャギャ」

「ゲルルルルル」

俺の周りを囲もうとするゴブリンどもだったが、そうはさせない。

「おらぁっ！」

俺は、確実に一匹ずつゴブリンたちの顔面を殴り倒っていく。

一匹、二匹、三匹。

振り抜いたままの右手を引き戻すときに、今度は左腕を振るう。

ガッという音がして、硬いものに当たった感触が拳に伝わる。

四匹目が手に持った盾で俺のパンチを防ごうとしたのだ。

だが、そんなもので俺の拳が止められるわけもなく。

「グギャッ」

次の瞬間には、その盾が粉微塵になり、盾を構えたゴブリンの体が背後へ吹っ飛んで行く。

「あっ、やべっ」

盾を砕いた衝撃でゴブリンが転がった先には、エレーナたちがいた。

「二人とも、逃げ――」

「ハァッ！」

次の瞬間、転がっていったゴブリンが一瞬で真っ二つにされ霧散する。

俺の視線の先には――

「最近鍛錬を怠っておりましたので、少し体が鈍っていますわね」

どこから取り出したのか、光り輝く剣を振り下ろしたエリネスさんの姿があった。

「何あれ……光の剣？」

白く輝く光の剣に気を取られていると「タクミ様、まだ終わってませんわよ」とエリネスさんが俺の背後を指さした。

ガインッ！

微かに頭に衝撃がある。

慌てて振り返ると、一匹のゴブリンが俺の頭を打ち砕こうとしていた。

再度、手にした棍棒を振り上げている。

その後ろからも二匹のゴブリンが武器を構えて突っ込んでくるのが見える。

「くっ」

俺は振り下ろされた棍棒を冷静に掴むと、棍棒ごとゴブリンを振り回して、突っ込んできた二匹に当てて薙（な）ぎ払（はら）う。

塀にぶち当たった一匹は、致命傷だったのか、無様な悲鳴を上げてそのまま霧散。

もう一匹は畑の柔らかな土のおかげで即死は免れたようで、立ち上がろうとしている。

俺に武器ごと振り回されたゴブリンは武器を残して消え去っていた。

「残りはあの一匹だけか」

俺は手に持った棍棒をひっくり返して握り直す。

そして畑から立ち上がり襲いかかってきたそのゴブリンの頭に向かって、フルスイングしたのだった。


「ふぅ。なんとか片づいたかな」

俺は額に浮いた汗を拭きながら、地面に落ちている魔石を拾い集める。

ゴブリンの魔石はかなり小さかった。

ダークタイガーの魔石の三分の一に満たない。

魔石の大きさは魔物の強さによって変わるのかもしれない。

だとすれば、ドラゴンとかの魔石はどれだけの大きさになるのだろう。

そもそもこの世界にドラゴンがいるかどうかもわからないが、魔物の存在する異世界に生まれ変わったからには、一度は見てみたい。

「そういえば魔石の使い方とか価値って、まだエレーナに聞いてなかったな」

俺は魔石を全てポケットに放り込んでから、エレーナたちのほうへ向かう。

「タクミ様。お疲れ様でした」

エレーナが駆け寄ってきて、俺の頭を指先で触った。

「頭は大丈夫でしたか？」

「頭？」

一瞬俺の頭は正常だぞと口にしかけたが、寸前にゴブリンに殴られたことを心配してるのだと気づいた。

「ああ。全然痛くないし大丈夫だ。ほら、俺って防御力はむちゃくちゃすごいからさ」

「そうでしたね。ダークタイガーの攻撃も、狼たちの攻撃も効かなかったくらいですし」

彼女は慌てたように俺の頭を触っていた手を離す。

「お疲れ様でしたね」

エレーナに続いてエリネスさんからもねぎらいの言葉をもらう。

そうだよ、さっきの光の剣はいったいなんだったのか。

めちゃくちゃかっこよかったけど、あれも光魔法なのかな？

「といっても、タクミ様は全く疲れていないようですけれど」

「結構疲れましたよ。体じゃなく精神がですけど」

正直、ゴブリンどもに不意を突かれ、一斉に襲いかかられたときはどうなることかと思った。

「あらあら、うふふっ。そうですか？」

「そりゃそうですよ。魔物とまともに戦うなんて、これでまだ二回目なんですから」

「その割には、武器も持たないで殴りかかったのには驚きましたわ」

確かにそうだ。

ダークタイガーのときは一応武器になるものを持っていった。

だというのに、狼のときも今回も武器なしで飛び込んでしまった。

これからも魔物とか獣と戦うことがあるだろう。

もしものときのために、何かしら武器になるものを用意して、訓練もしておく必要がありそうだ。

害獣被害とかも、これから先注意しなくちゃならない。

ウリ坊が番犬ならぬ番猪（ばんちょ）にでもなってくれれば、畑は安心なのだけど。

でも、まだあんな甘えん坊のちんちくりんでは役に立たない。

そう思ってエレーナたちの足元に目を向ける。

しかしそこに、さっきまでまとわりついていたウリ坊の姿は見つからない。

「あれ？　あいつはどこ行ったんだ？」

気になって辺りを捜す俺に、エレーナが「ウリちゃんでしたらタクミ様の後ろにいますよ」と言う。

振り返ると、そこには親猪と狼によって無残に踏み荒らされた畑がある。

その畝の陰に、もぞもぞ動くウリ坊の背中が見えた。

「あいつ何やってるんだ？」

不思議に思い、近寄ってみると、何かを必死になって食べている。

あれは……あの種の茎じゃないか？

「お前、本当にその茎が食えるんだな」

齧（かじ）られた茎の残骸を見たときにまさかと思ったが。

やっぱりウリ坊たちは種の茎を食べていたようだ。

「そんなクソ不味いものをよく食べられるよな」

俺が呆れて見ている間も美味そうに茎を食べ続けるウリ坊。

時折「ぴぎゅぴぎゅ」と嬉しそうな声を上げているその姿は実に愛らしい。

とてもあのトンデモな味の茎を食べているとは思えない。

もしかして本当は美味いのか？　俺の味付けに問題があった？

あの悪魔のような味からは、他の調理法で美味しくなる想像がつかないが。

俺はウリ坊の側にしゃがみ込むと、少し離れたところに落ちている綺麗な茎を拾い上げる。

調理せずに生のままなら美味いのかもしれない。

俺は茎についた土を拭いて、試しにその太い茎にかぶりついた。

「！！！！！？？？？？」

直後、口の中に猛烈な不味さが広がり、視界が暗転する。

ウリ坊があまりに美味しそうに食べているのを見て油断した。

ただ一口齧っただけだというのに、たったそれだけで俺の意識が一気に持っていかれる。

これは……いけ……な……い……

薄れゆく意識の中、顔面から畑に突っ伏した。

土の匂い……

「タクミ様ぁ！」

そしてエレーナが俺を呼ぶ声を最後に、俺の意識は暗闇に吸い込まれていったのだった。

ウリザネスボア・ドラゴン

「うっ……う～ん」

「タクミ様！　お母様。タクミ様が意識を取り戻しました！」

気がついたとき、俺はリビングのソファーに横たえられていた。

エレーナとエリネスさんが運んでくれたのだろう。

天井のシーリングライトの光が眩しい。

窓の外に目を向けると、すっかり闇に包まれている。

エレーナのおかげで家電製品が使えるようになっていて本当によかった。

左手が温かい。エレーナが俺の手を握りしめてくれている。

それについては素直に嬉しいのだが……

「うげっ、苦い」

口の中に未だに残る苦みに顔をしかめる。

実は俺はコーヒーも飲めないほど苦いものが苦手だ。

家では基本、お茶か紅茶を飲んでいた。

「今、お水を用意しますね」

エレーナが握りしめていた俺の手を離して、台所へ駆けていく。

しまった、俺は自ら幸せを手放してしまった。

「それにしても参った」

あの茎はいったいなんなんだろう。

ウリ坊は美味しそうに食べていたが、とても人間が食えたものじゃない苦さだ。

もしかしてウリ坊たちは苦いものが大好物なのだろうか？

それとも動物たちにはあの味が美味く感じるとか？

「やっぱりきちんと《鑑定》してから口に入れるべきだった」

自分の迂闊さを後悔していると、エレーナがコップに水を汲んで来てくれた。

「はいどうぞタクミ様」

「助かる」

俺は舌に残った苦さを洗い流すように、ゆっくりと口の中に水を含んで飲み干す。

これで少し口の中がマシになった。

「タクミ様、夕食は食べられそうですか？」

「夕飯か、そういえば少しお腹空いたけど何か作ろうか？」

俺がそう答えるとエレーナは小さく首を横に振る。

「大丈夫です。今夜はお母様が夕飯を用意してくれましたから」

「エリネスさんが？　公爵家の奥様って、専属料理人とかがいるだろうから料理するイメージないんだけど」

「確かに屋敷ではあまり料理をしている姿は見ませんが、公爵家に嫁ぐ前は、実家で屋敷の料理長に色々と教わっていたそうなんです」

　エリネスさんは努力家なのだろう。

　ゴブリンとの戦いで見せたあの剣技といい、料理長に料理を教わってたことといい、魔道具の研究といい、あまりに多才すぎる。

「私もお母様と一緒に屋敷の厨房（ちゅうぼう）をこっそりと借りて、ときどきお菓子を作っていましたから。実は私もお料理は得意なんですよ」

　そう言って自慢げに胸を張るエレーナ。

　公爵令嬢で料理ができる人っていうのはかなり少ないのだろうか。

　上級貴族や王族が、自分で料理なんてするわけはないよな。たぶん。

「それじゃあエリネスさんの手料理をご馳走になるとしますか」

　いくら料理長に学んだといっても、あくまでエリネスさんはお嬢様だ。

　お嬢様の料理に、過大な期待をしてはいけない。

「はい。ではこちらへどうぞ」

　エレーナが俺の手を引いて立ち上がらせてくれる。

　柔らかい手のひらに少しドキドキしながら二人でリビングに行くと……

「な、なんじゃこりゃあああ！」

庶民感満載のテーブルの上に、とんでもなく豪華な料理の数々が並んでいた。

目を見開いていると、俺たちがやってきたことに気がついたエリネスさんが、料理を並べる手を止めて振り返った。

あの白く長い髭は首にマフラーのように巻き付けられている。

暑くないのだろうか？

「あらあら、うふふ」

見かけは可憐な女性なのに、醸し出す雰囲気は完全に母親のそれだ。

どう見てもエレーナのお姉さんにしか思えない見た目だが、やはり彼女はエレーナの母親なのだと、このとき改めて実感した。

年齢よりかなり若く見えるのは、たぶん種族の特性なんだろう。

「久々に自由にお料理ができたので、頑張ってしまいましたわ」

女神様と同じく、この人も頑張りすぎである。

ただ女神様の場合は、その頑張りが空回りしているが。

「事後承諾で申し訳ありませんが……」

「え？　何が？」

「食事を作るのに地下の魔導蔵(まどうくら)にある食材を使わせていただきました。よろしかったでしょうか？」

申し訳なさそうに俺の顔をうかがうエレーナ。

「もちろん。こんなすごい料理を作ってもらえるのなら、ガンガン使ってもらって構いませんよ」

正直氷室の中には使い切れないほどの食材が入っている。

まともに料理もできない俺一人では、結局腐らせる未来しか想像できない。

「そういえばエレーナさんに、氷室の中の電灯の魔力補充をお願いするつもりだったんだけど……」

「それならもう補充しておきました」

気の利く娘さんだ。

「ありがとう。地下の食料庫は氷室じゃなくて魔導蔵という魔導器具だったんだな」

「あらあら。二人とも、お話は後にして冷めない内に食べましょう」

「そうですね、せっかくこんなに美味しそうな料理なのに冷めたらもったいない」

エリネスさんの言葉に同意して、俺たちは急いでテーブルについた。

俺は手と手を合わせて「いただきます」と口にする。

エレーナとエリネスさんは喉の下、胸より少し上に片方の手のひらを当てると、目を閉じ「我らに命の恵みを」と、神への感謝っぽいことをつぶやいて目を開いた。

この世界共通の作法か、それともドワーフ族の作法なのか。

「ぴぎゅう」

足元でウリ坊が鳴き声を上げる。

俺たちの言葉を理解しているのだろうか？

まさかな。

「ウリちゃんにもきちんとご飯を用意してありますわ」

テーブルの下を覗き込むと、いつの間に用意したのか、ウリ坊用の餌皿が置いてあった。

その上にはあの謎の茎と果物が綺麗に切られて並んでいる。

その餌皿の前でモコモコなウリ坊が犬のように座る。

俺たちを待っていたのか、餌にはまだ手がつけられていない。

何この猪、めちゃくちゃ可愛いし賢いんですけど。

俺はその皿から、茎を一本取り上げる。

つまみ上げられた茎を、少し不服そうな表情で見ているウリ坊に、俺は「よし、食べてもいいぞ」と告げる。

するとウリ坊は、一瞬で俺の指先から餌皿に目を向け、勢いよく食べ始めた。

俺は顔を上げると、テーブルの上にウリ坊の皿から奪った茎を置く。

エレーナがそれを見た途端、声を上げた。

「タクミ様、それはもう食べてはいけません！」

エレーナが慌てて俺を諫（いさ）める。

「いやいや、もう食べないって」

「本当ですか？」

「ああ、本当だよ。あんなのもう懲（こ）り懲（ご）りだ」

疑わしげな視線を送ってくるエレーナに、俺は茎を手にした理由を話す。

「少しこの茎を調べようと思ってさ」

「調べる？」

「うん。俺さ、野菜とか色々調べることができるスキルを持ってるんだ」

俺のその言葉に、料理を食べ始めていたエリネスさんが顔を上げる。

エリネスさんは口髭についた汚れをナプキンでサッと拭く。

あれだけ髭が長いと、ものを食べるとき大変そうだ。

「タクミ様。もしかして貴方様は《鑑定》スキルをお持ちなのですか？」

エリネスさんの質問に俺は頷く。

「ええ、まぁ。正確には《品質鑑定》というスキルなのですが」

「《品質鑑定》ですか。初めて聞く名ですが、それは普通の《鑑定》スキルと違うのでしょうか？」

「普通の《鑑定》スキルというものを俺は知らないので、どう違うのかとかはわからないんですよ」

「では、《品質鑑定》は、どのようなものが鑑定可能なのでしょうか？　ものだけでなく人や魔物、動物のような生物にも有効なのでしょうか？」

今まで《品質鑑定》を使ったのは俺自身と種だ。

他に何に使えるのかは、試していないのでわからない。

素直にそう答える。

「そうですか。では試しに私に《品質鑑定》を使ってみてくれませんか？」

「いいんですか？」

「かまいませんわ」

エリネスさんはそう言うと、俺のほうに左手を差し出してくる。

傷一つない綺麗なその指に少しドギマギしつつ、俺は自分の手を絡ませる。

恋人繋ぎというやつだ。

「ではいきます。《鑑定》っ」

別に口に出して言う必要はないのだが、そう言ったほうが二人にもわかりやすいだろう。

スキルを発動したと同時に、絡ませた手がぼんやり緑の光に包まれる。

そして俺の目の前にエリネスさんのステータスが表示された。


【エリネス・キーセット】

種族：ドワーフ族　性別：女　年齢：38歳
属性：光　職業：公爵夫人　品質：91（特上）
HP：90／90　MP：110／110
ちから：51　ぼうぎょ：41　すたみな：35
すばやさ：44　まりょく：96　きようさ：43

俺の異常なステータスと比べると大人しいものだが、やはり能力はかなり高いようだ。

それと光属性とか、マジ勇者っぽいのが羨ましい。

あと年齢が三十八歳だと。

確かにエレーナくらいの娘がいるのだから、それくらいでも当たり前なんだが。

そして気になるのが『品質』というやつだ。

俺のスキルは《品質鑑定》である。

この項目があるのは不思議ではないのだが、俺自身を鑑定したときにはこんな項目はなかった。

術者自身の品質は見えないのか、それか俺が異世界人だからかもしれない。

そんな疑問は一旦置いておいても、人に対して品質という表現は複雑な気分になる。

しかも――

「特上か……」

「あらあら、うふふ。何が見えているのか私にはわかりませんけれど、確かタクミ様のスキルは《品質鑑定》でしたわよね」

「えっ」

つい口に出してしまった俺の言葉を聞いて、エリネスさんは嬉しそうに、手で頬を押さえながら微笑む。

「もしかして、私の品質は特上ということでしょうか」

「……そうですね、確かにそう表記されてます」

それから俺はリビングから持ってきた紙に、鑑定の内容を一通り書いて、エリネスさんとエレーナに差し出した。

年齢だけは抜いておいたのは俺の保身のためである。

「あらあら、わかりやすいですわね」

「すごいです、タクミ様」

すごいって言われても女神様からもらった力だし、ちょっと複雑な気分だ。

「でも私の持つスキルはわからないみたいですわね」

そう言えばそうだな。

俺は《緑の手(グリーンハンド)》というスキルを持っている。

けれど、ステータス画面にはそれは表記されていなかった。

スキル持ちは転生者だけの特権だと思っていたけど、エリネスさんもスキルを持っているようだし、そんなこともないみたいだな。

俺は机の上に置いたエリネスさんのステータスを見つめながら、そんなことを考えたのだった。


夕食の後、話の流れでエレーナとウリ坊のステータスも鑑定することになった。

結果としては、エリネスさんには及ばないもののエレーナもかなりの魔法の能力を持っていることがわかった。

あの《ファイヤーボール》の威力からすれば当然のことなので、それほど驚きはなかったけれど。

逆に予想外の結果に騒然となったのが、ウリ坊だ。

なんとあのワイルドボアの子供であるはずのウリ坊が、実は竜種であったことが判明したのだ。

ウリ坊の種族名は『ウリザネスボア・ドラゴン』と表記されていた。

一応『ボア』と入っていることから、ワイルドボアの系列であるのは間違いないと思うのだが。

いったいこの丸っこい体のどこにドラゴン要素があるのかと三人でウリ坊の体をチェックしてみると、背中の毛に埋まっている、二つの謎の突起を見つけた。

エレーナがその部分をツンツンと突っつくと、突然バサッとその部分から翼が生えたのである。

しかも慌てて取り落としそうになったエレーナの手から、なんとウリ坊は自らの力で浮かび上がり、飛行能力が備わっていることを示した。

背中から生えた二枚の翼は鳥のような形ではなく、コウモリの翼のようだった。

翼の色は体毛と同じなおかげで、それほど不気味には見えず、逆に丸っこい体に小さな翼はウリ坊の愛嬌を更に増す結果になっていた。


「いつまでもウリ坊ではかわいそうです」

驚愕の事実を知ってから、俺たちが少し落ち着いた頃、エレーナがぽつりとそうつぶやいた。

そういえばこいつの名前をまだ考えていなかったことに気がついた。

俺は、二人と一緒に名前を考えることにした。

三十分ほどの協議の結果、ウリ坊は『ウリドラ』という、そのまんまな名前に決定した。

全員のネーミングセンスが壊滅的であることが判明してしまった。

夜も更け、明日の予定を三人で話し合った後、母娘は一緒にウリドラを連れてお風呂に向かった。

その間、俺はリビングのテレビをつける。

決して覗くためではない。ないったらない。

目的はもちろん『女神ちゃんねる』だ。

女神様には色々聞いておかなければならないことが多い。

だというのに、結局また彼女に会うことはできなかった。

いったいどこに行っているのか。

肝心なときに役に立たない。

そうこうしている内に二人と一匹が風呂から上がってきたので、入れ替わりで風呂に入る。

あの二人が入った後だと考えると少し気まずい。

今度は俺が先に入るべきだろうか。

そんなことを考えながら風呂を済ます。

風呂から出ると、リビングにはウリドラが丸まってソファーの上で眠っているだけで、二人の姿は見当たらない。たぶん妹の部屋に戻ったのだろう。

今夜は母娘で寝るのだと、エリネスさんが嬉しそうにしていた。

俺は一応テレビをつけてみるが、相変わらず女神様の姿はそこになく、テレビを消して自分の部屋に戻ったのだった。

街道で待ち受けるモノ

「珍しく早起きしてしまった」

エレーナたちはまだ眠っているのか、部屋から出てくる気配はない。

「まだ朝日も昇らない内に起きるって久しぶりだなぁ」

俺はあくびをしながら『女神ちゃんねる』を確認しようとリビングへ向かう。

確かリビングにはウリドラが眠っていたはずだが、ソファーの上はもぬけの殻だった。

「どこ行ったんだ？」

野生動物だから朝は早起きなのだろうか。

俺は一通りリビングの中を捜したが、ウリドラの姿は見当たらない。

そして、リビングから庭に出る掃き出し窓が二十センチほど開いていることに気がついた。

「あいつ、外に出てったのか？」

確認するために窓に近づく。

そして外に目を向けると、薄ぼんやりとした朝の光に浮かぶ何かが見えた。

「なんだ、あれ」

畑の上で二メートルくらいのまん丸い何かがうごめいている。

まさかな。

俺は窓から出て、近くに置いてあったサンダルを履くと、その何かに向かって歩く。

「お前……ウリドラなのか？」

巨体の生物が畑の横に放置しておいた種の茎を、美味しそうに食べている。

その巨体の生物は俺の声に反応して顔を上げ、こちらを向いた。

その姿は紛れもなく、昨夜までバスケットボール程度の大きさしかなかった、ウリドラだった。

姿形はそのままで、体だけが二メートルを超えるほどの巨体に成長していたのだ。

「なんだよこれ、何が起こったんだ」

「ぴぎゅう？」

立ち尽くす俺に、ウリドラは昨日までと変わらぬ動作で突撃してくる。

そしてそのまま押し潰されそうになった。

「ちょ、ちょっと待て、お前っ」

俺はその巨体を押し戻す。

もしかしたらこれも《緑の手(グリーンハンド)》のせいなのか？

《緑の手(グリーンハンド)》で育てた茎を食べたから……？

どんな理由でウリドラの成長が促進されたのかはわからない。

それにしたってデカすぎだろ。

「俺のステータスが初期のままだったら、押し潰されるところだった」

見かけだけでなく、力も相応に増しているウリドラの突撃は、まさに凶器だ。

しかも見かけ通り、体重も小さなときと比べて遥かに重くなっている。

「お前、エレーナさんたちには絶対に飛びついちゃダメだぞ」

俺はウリドラにそう言い聞かせてみる。

「ぴぎゅ？」

「こいつ、絶対理解してないな」

だが当然のごとく俺の言葉が通じるはずもなく、ウリドラは可愛らしく、ほとんどない首を傾げるだけだった。

どうせ通じないだろうと思いながらも、俺は何度もウリドラに言い聞かせていると、エレーナとエリネスさんが起床して、俺の声を聞きつけ外に出てきた。

最初は二人とも突然大きくなったウリドラの姿に驚いていた。

しかしウリドラが『ぴきゅうぴきゅう』と鳴きながら、ふわふわの毛を擦り付けるように甘えだすと、すぐに彼女たちは懐柔（かいじゅう）されてしまった。

そんな予想外の出来事に翻弄（ほんろう）されつつも、俺たちは予定通り街へ向かうことを決めた。


朝食を終え、家中の雨戸を閉めて出かける準備を整えた俺たちは、エレーナに案内してもらい街道に出る。

街道は我が家から森の中を歩いて、徒歩十分ほどのところにあった。

魔物から逃げ回っていた最中に見かけた場所の位置を覚えているエレーナに驚く。

街道は想像以上にきちんと整備されていて、凹凸（おうとつ）も少なく、道に大きな石や枯れ木が散乱しているようなこともなかった。

街道の幅は馬車がすれ違うことができる程度はあり、地面を見ると轍（わだち）が幾筋も確認できる。

この街道は思ったより重要な交易ルートなのかもしれない。

もっと酷い道を想像していただけに拍子抜けだった。

それから、街があるだろう方向へ俺たちが歩き始めて、一時間以上は経つだろうか。

チートの種のおかげもあるが、元々都会暮らしで歩くことに慣れている俺は大丈夫だとして、お嬢様であるエレーナやエリネスさんは体力的に大丈夫なのか気になっていた。

特に、王国にいたときは滅多にお屋敷の外にも出たことがなかったというエレーナの言葉には、流石に驚いたものだ。

出かけるにしても公爵家の娘だから、当然馬車移動になるため、この街道のような土の道を歩いた経験もほとんどないらしい。

とんだ箱入り娘である。

「エレーナさんは、あのときよく無事に森の中を逃げることができましたね」

「それは私がエレーナを鍛えたからですわ」

「エリネスさんが？」

「エレーナには、もしものときに自分でもなんとかできるようにと、体の鍛え方から生き残り方まで色々と教えたのです。おかげで公爵家のみんなには変な目で見られましたけれど」

公爵家の娘というのは、花嫁修業はするけれど、魔法の練習や体力作りに関してはほとんどしないらしい。

しかしエリネスさんは、地方の貧乏男爵家出身であるため価値観が違った。

エリネスさんがいた地域では、男爵は町長程度の扱いだったとか。

更にエリネスさんは地元の子供たちと小さな頃から野山を駆け回っていて、あまりお嬢様という感じではなかったとのこと。

「とてもそうは見えませんね」

「公爵家に嫁いでからは外面をよくする術を必死に覚えたのですわ」

エリネスさんが俯きがちに言う。

重そうな話になる気配を感じたので俺は話を逸らす。

「それはそうと、エリネスさんは靴擦れとか大丈夫ですか？」

「ええ。今のところはなんともありませんわ。むしろいつも履いている靴より軽くて歩きやすいくらい」

エレーナとエリネスさんは、公爵家の屋敷にある転送魔法装置によって転送してきた。

そのとき彼女たちが履いていたのは室内用だった。

流石にその靴で街道を長時間歩くのは無理だということで、二人には靴箱の中にあった妹のスニーカーを履いてもらっている。

「靴どころか服まで用意していただいて助かりましたわ」

そして今、二人が着ている服である。

彼女たちが着ていた服は室内用の寝間着だったので、家中のタンスをひっくり返して、この世界でも違和感がない服を探し出した。一式揃えるのにかなり苦労した。

最終的には昔母親と妹が着ていた服を、エリネスさんが修繕して着ることになった。

残る問題は、巨大化したウリドラである。

流石にこいつは目立ちすぎる。

小さいままならペットだと言い張って連れていけたのだが、二メートルを超える巨体だと流石に無理だ。

しかもウリドラは見かけからは一見わからないが、魔物である。

巨体の魔物を街に連れていけるわけがない。

「ぴぎゅう」

いっそのこと、家に留守番として置いていくかという話になったとき、ウリドラが一声鳴いた。

すると俺たちが見ている目の前で、その体がみるみる縮んでいくではないか。

どんどんウリドラの体は縮み、最終的には巨大化する前の大きさになってしまったのである。

「ぴきゅっ！」

そして翼を広げ飛び上がり、俺の頭の上に乗ると、小さくなった前足で俺の頭をぽこぽこと殴り始めた。

これは完全に『自分も連れて行け』という仕草なのだろう。

「仕方ない。何かの役に立つかもしれないし、置いていっても勝手についてきそうだから、連れてってやるよ」

そんなウリドラは今、また大きくなってその背中にエレーナを乗せている。

ふよふよふよと地面から十センチほど浮かびながら、俺とエリネスさんの後をついてくる。

何故そんなことになっているのかというと、街道を一時間ほど歩いたところで、エレーナが慣れない靴のせいで靴擦れを起こしたためである。

そのことを知って俺が背負おうかと考えていたときだった。

俺の頭の上から突然地面に下り立ったウリドラが大きくなり、エレーナの前にしゃがみ込んだのだ。

「もしかして乗れってこと?」

「ぴぎゅう」

エレーナの問いかけに、ウリドラは一声鳴いて答えると、背中をぐいぐいとエレーナに押し付け始めた。

「くすぐったいです」

「ぴぎゅぴぎゅ」

これくらいの大きさなら人一人乗っても大丈夫だろうと判断した俺は、エレーナを持ち上げてウリドラの上に乗せた。

「ぴぎゅう」

「ふかふかです」

ウリドラの上で笑顔を見せるエレーナ。

「落ちないように毛を握っておきなさいね」

「はい。お母様」

エリネスさんの言う通り、鞍(くら)も何もないウリドラの背中に乗るなら、落ちないように毛でも掴んでいるしかない。

「ウリドラも疲れたら休憩を取るからちゃんと言うんだぞ」

「ぴぎゅ」

言葉が通じているのかどうかはわからないが、たぶん問題なさそうだ。

「じゃあ出発しますか」

「はい」

「ウリドラちゃん、お願いしますね」

「ぴぎゅう」

そうして俺たちは、再び街へと歩き出す。

行商人などが通る可能性も考慮して、一応エリネスさんが光魔法でエレーナとウリドラを隠すことにした。

驚いたことに俺の目からも、エレーナとウリドラの姿はほぼ見えない。

そこにいることを知った上で目を凝らすと微かにわかるが、遠目では絶対わからない。光魔法って便利だ。

「行商人か何かの馬車でも通ったら、街まで乗せていってもらえるか交渉したほうがいいな」

「お金はありますの？」

「ないですけど、一応エレーナさんに家の中で高く売れそうなものを見繕ってもらったので、それでなんとかしようかなと」

俺は背負ったリュックサックをエリネスさんに見せて答える。

「あらあら、うふふ。では馬車が通りかかったらお願いしますわね。私も慣れない靴で、いつエレーナのようになるかわかりませんし」

「エリネスさんもウリドラに乗りますか？　たぶんもう一人くらいならいけると思いますよ」

俺はウリドラの余裕そうな姿を見ながらそう言う。

「あらあら。それじゃあもう少ししたらお願いしようかしら。でもその前に一仕事しなければいけないようですわね」

「一仕事？」

エリネスさんは意味深な笑みを浮かべると、手のひらに光の玉を作り出す。

これは前に見た、映像を映す水晶玉みたいなやつだ。

「こ、これは」

「あの岩の先の映像ですわ」

その光の玉に映し出されたのは、一台の馬車に襲いかかる野盗の姿だった。

エリネスさんが、この道の先で今まさに起こっている光景だ、と言う。

前方の道は、巨大な岩を迂回するように曲がっている。

「あの向こうか」

周囲の音を意識してみると、微かに争う声が聞こえてきた。

「野盗が行商人の馬車を襲っているようですわね。どうします？」

「どうしますも何も、早く助けないと」

「タクミ様に見ず知らずの人を助ける義理はありまして？」

「えっ？」

「お母様、何を仰るのですか！」

エリネスさんの口から出た予想外の言葉に俺とエレーナは思わず声を上げる。

「戦えば貴方様のその人並み外れた力を知られることになります。そのことが広まれば、私たちの正体が知られる危険性もあるのですよ」

前の世界の常識に縛られている俺からすると、野盗に襲われている人は助けるべきと、どうしても思ってしまう。

しかしこの世界の常識ではどうなのだろう。

確かに俺たちが危険をおかして、野盗と一戦交える必要はないのかもしれない。

このまま隠れて様子を見て、野盗どもが戦利品を持ち帰った後に進めば、襲われる心配はないのではないか？

　でも……

「すみません。それでも俺には襲われている人たちを見捨てることができません」

　保身のために助けないという選択肢は俺にはなかった。

「うふふ。そう仰ると信じていましたわ」

「まさか、俺を試したんですか？」

　やはりエリネスさんは一筋縄ではいかない人だ。

「タクミ様が信頼できる人であることはわかっております。ですが私だけでなく娘の命を預けるとなれば、どうしても母として貴方のことをよく知っておきたかったのです」

「それで俺は合格ですか？」

「はい」

　申し訳なさそうに頷くエリネスさんに、俺は笑みを返すと、道の先を見つめる。

「俺一人で行きます」

　それだけ言い残し、俺は街道を駆け出した。

　初めての対人戦だ。

　緊張するなと言うほうが無理である。

　俺は大きく深呼吸すると、地面を蹴る足に力を込める。

　ダッ！

その瞬間、足元から土煙が上がった。

まだ完璧ではないが、昨日に比べてずいぶんと自分の素早さに対応できるようになっている。

「くっ」

それでもバランスを取るのはなかなか難しい。

転びそうになりながらもなんとか体勢を保ち、俺は更に速度を上げた。

そして目前に迫った大岩を片足で蹴り、一気に岩を飛び越える。

ステータスのきようさが高いおかげで、アクロバティックな動きもなんとかこなすことができた。

考えた通りに体が動く。

「見えた！」

俺はそのまま飛び上がった勢いを殺すことなく、野党の前に躍り出た。

野党は倒れた男に向かって、武器を振り下ろそうとしていた。

ガキッ。

野党が振り下ろした武器と俺の腕が激突する。

だがダークタイガーの牙さえ傷つけられなかった俺の腕を、野党のナマクラが切り落とせるわけがない。

「な、なんだてめぇ！　どこから来やがった！」

野党が何が起こったのかわからないといった表情で叫ぶ。

「俺は……」

「とにかく邪魔だっ！　死ねぇ！」

答えようとする俺の言葉を遮って、野盗は大きく武器を振り上げた。

怖くはない。

何故だろう、さっき飛び込むまでは恐怖があった。

だが今は目の前の男がとんでもなく弱く思えて、恐怖心が全くなくなっている。

不思議な感覚だ。

前世の俺なら怖気づいていただろう野盗の怒鳴り声も、か弱い子犬が虚勢を張っている鳴き声にしか聞こえない。

「脳天かち割ってやらぁああっ！」

野盗がそんな雄叫びを上げて武器を振り下ろした。

その動きは酷くゆっくりに感じる。

これってあれか、ゾーンってやつか？

たぶんこのまま受けたとしても俺自身には傷一つつかないだろう。

でも俺が今着ている服に傷がつくのは嫌だな。

そんなことを考えられるくらいには、俺の頭は冷静だった。

「遅いよ」

俺は男が勢いよく振り下ろした武器を両手で挟む。

真剣白刃取りというやつだ。

「なっっ⁉」

野盗の顔が驚愕に染まる。

「ふんっ」

俺はそのまま刀身を両掌で挟んだまま捻り、勢いよく野盗を地面に叩き付ける。

「ぐへぇっ」

野党の無様な声と共に、装備が地面に転がり予想外に大きな音が立つ。

その音を聞いて、馬車に乗り込もうとしていた野盗の仲間数人が動きを止め、俺のほうを見る。

「お前ら何やってんだ。さっさとそいつを殺せ！」

少し離れたところで馬車の護衛と剣を交えていたガタイのいい男が、相手を蹴り飛ばしながら叫ぶ。

もしかしてあいつがリーダーなのかな？

他のやつらと比べて装備も立派そうだし、なんだか強そうだ。

「てめぇ、何しやがんだ」

「ふざけてんじゃねぇぞ」

「死ねっ」

馬車の回りで護衛を三人がかりで倒していた男たちが、怒号を上げ、武器を構えて俺を囲む。

ナイフ一人に棍棒二人。

「……」

俺はそれだけ確認すると、一番厄介そうなナイフ使いの懐に、一瞬で入り込んだ。

本物の凶器を前にしているというのに全然恐怖心が湧いてこない。

「うえっ」

ナイフ使いが俺の予想外の動きに変な声を上げる。

俺はそいつの手をナイフごと掴むと、背負い投げの要領で棍棒使いの一人に向かって投げつけた。

「ぐわっ」

「があっ」

二人の野盗は、絡み合ったまま街道横の大木にぶつかり、ピクリとも動かなくなった。

死んではいないとは思うが、まぁどっちでも構わない。

「う……うわあああああっ！」

一人が恐怖の叫び声を上げて、棍棒を振り回しながら向かってくる。

滅茶苦茶な動きだが、俺にとっては脅威に感じるものではない。

「おらぁっ！」

振り下ろされた棍棒を、真正面から右拳で打ち抜く。

ただそれだけで、男が持っていた巨大な棍棒が弾け飛ぶ。

そして弾けた棍棒の欠片が、男の顔面に何個もぶち当たると、そのままそいつは顔面を血に染めながら倒れた。

「残るは一人かな？」

先程護衛とやり合っていた野盗のリーダーらしき男がまだ残っているはず。

そう思い周囲を捜す……が、男の姿は既になく、地面に倒れ込んでうめき声を上げている護衛だけが残されていた。

「ありゃ、逃げられたか」

流石野盗のリーダーといったところか。

敵わない相手に無理に戦いを挑むより、プライドを捨ててでも逃げるほうが賢い。

正しい判断だ。

「あらあら。もう終わってしまっていますわ」

「お母様はのんびりしすぎなのです」

俺が倒した野盗どもを一箇所に集めて、やつらが持っていた縄で縛っていると、エリネスさんと小さくなったウリドラを片手に抱いたエレーナが姿を現した。

「なんとか倒しましたよ……って、なんですかそれ」

野盗どもを縛り終え、改めて二人のほうを向くと、彼女たちが黒焦げになった男を引きずっていることに気がついた。

もしかしてあいつは。

「うふふ。この男が私たちのほうに叫び声を上げながら走ってきましたので、エレーナがつい《ファイヤーボール》を撃ったんですわ」

「武器を持った男の人が突然向かってきたら、驚いて《ファイヤーボール》を撃っても仕方がないと思いませんか？　タクミ様」

「お、おぅ。それは仕方ないな」

驚いて、つい撃っちゃったのか……

俺は二人に捕まって、宇宙人の如く引きずられている黒焦げ男を、哀れみの目で見た。

そして、『これからはエレーナを驚かせないようにしよう』と心に誓ったのであった。

行商人一家と怪しい影

「助けていただいてありがとうございます」

俺たちが助けた行商人。

トルタス・アキノウと名乗ったその男性は、俺たちが向かう予定の街から、妻子と共にやってきたらしい。

彼は人間族で、なんとその妻はエルフだった。

つまり一人娘はハーフエルフということになる。

ハーフエルフ。なんという心躍る言葉だろう。

「お兄ちゃんありがとう」

その一人娘であるレリナちゃんは、エルフの血を引いているからか、かなりの美少女であった。

ハーフエルフの成長速度はよくわからないので推測でしかないが、人間で言えば小学生くらいの見た目だ。

現在、トルタスさんの妻であるエルフ美女のファウナさんは、怪我をした護衛の人たちの治療をしている。

見たこともない葉をすり潰したものを飲ませたり、傷口に塗ったりしている。

あれが薬草なのかな？

「妻は薬草学を学んでいまして、ワシらの商会で扱っている薬の一部も彼女が作っておるのです」

トルタスさん一家は、数年前に新しくできた街へ引っ越すところだったらしい。

話を聞くと、俺たちの目的の街はここから更に馬車で二日はかかるらしい。

直線距離だと近いのだが、数年前に大雨が降ったとき、街の近くを流れる川が氾濫して架かっていた橋が流され、今も復旧していないとか。

かなり流れの速い川で、渡し船もない。

そういう理由でかなり遠回りになる道を通らないと街へは辿り着けず、トルタスさん一家もその迂回路を使ったそうだ。

ちなみにトルタスさんが引っ越す新しい街は、ここから馬車で進めば半日程度で着くという。

あれ？

もしかして一番近い街って逆方向なんじゃ？

女神様に騙された……とも思えないんだけどな。

女神様は橋が流されたことを知らなかったのではなかろうか。

それどころか新しく街ができたことすら知らなかった可能性もある。

なんせ相手は神様だ。

下界のことを頻繁に確認してはいないのか？

でも異世界人を送り込む仕事をしているなら、情報のアップデートは小まめに行おうよ女神様。

「さて、どうしようか」

本来の目的地である街へは馬車で二日。

俺たちは徒歩なのでもっと時間がかかるだろう。

正直そこまでかかるとは思っていなかったので野宿の準備なんてしていない。

女神様の情報だと一日くらいで着く計算だったからだ。

「タクミ様。一度戻りますか？」

エレーナがそう提案してくる。

ここは一度引き返して、トルタスさんの言う新しい街に行ってみるのも手かもしれない。

俺たち三人が馬車の脇でそんな相談をしていると、それを聞いていたトルタスさんが提案してきた。

「よろしければ私どもの馬車で一緒に街まで行きませんか？」

「えっ。いいんですか？」

「はい。助けていただいた恩に報いる……という理由もありますが」

トルタスさんは彼の妻が介抱している護衛たちに一度目をやってから話を続ける。

「あの通り、ワシが雇った護衛の皆さんが怪我をしてしまいましたので、貴方様を護衛に雇わせていただけないかと」

「なるほどね」

確かに、あの怪我をした護衛たちでは、この先何かあったときに対処できないだろう。

とりあえず野盗と、そのリーダーっぽいやつは捕まえたが、こいつらの仲間がまだいる可能性もある。

そいつらが捕まった仲間を助けに来るかもしれない。

そういえば……

「一つ聞きたいことがあるんですけど」

「なんでしょう」

「この捕まえた野盗たちって、街に連れて行ったら報奨金とかもらえたりしますかね」

「ええ、もちろん。街の衛兵に引き渡せば、それなりの報酬はもらえるはずです。確か彼らには賞金もかけられていたはずですので」

こいつら賞金首だったのか。

俺は知らず知らずの内にバウンティーハンターになってしまっていたのだな。

「エレーナさん、エリネスさん。俺はトルタスさんの依頼を受けようと思うんだけど、どうかな?」

「タクミ様の決定に従いますわ」

「はい。私も同じく従います」

二人の了承も得ることができた。

俺はトルタスさんに、共に街へ向かうと告げ、馬車の護衛を請け負う契約を交わした。

馬車の中は引っ越しの荷物でいっぱいだったが、俺たち全員が乗り込むことができる程度のスペースは、荷物を動かすことでなんとか確保できた。

流石に野盗どもと一緒に馬車に揺られるのは嫌だったし、そもそもそんなスペースもないので、やつらはその辺りの木で作った即席のソリに縛り付けて、引きずっていくことにした。

たぶんソリの乗り心地は最悪だろうが知ったことではない。

道中俺はエルフのファウナさんに薬草の基礎知識を教わったり、御者席のトルタスさんの隣に座って、この世界の常識について色々教えてもらったりと、充実した半日を送った。

俺の無知すぎる質問に不思議がられながらも、なんとかバレずに知りたい情報を聞き出すことができた。

結局街に着くまでの間に野盗が襲ってくることはなかった。


「ここが街？」

その街に辿り着いたのは、かなり日が傾き、夜になりかけた頃だった。

松明の明かりに照らされた、五メートルくらいの高さの門の前で馬車をとめる。

門の横には詰め所のようなところがあり、一人の門番が中で気持ちよさそうに居眠りをしている。

三メートルほどの高さの柵で囲まれていて、街自体はそれほど広くはなさそうだった。

「街というより、少し大きめの村っぽいな」

新しくできたばかりらしいので、これから発展して大きくなっていくのかもしれないが、少し期待外れだ。

「この街は数年前の川の氾濫で被害を受けた集落の人たちが集まってできたのです」

俺が街の様子を見ていると、トルタスさんが言う。

橋が流されたという大雨のときか。

俺が思っていたより被害が出た範囲は大きかったようだ。

「妻の生まれた村もそのときに壊滅しまして……妻の家族も今はこの街に住んでいるのですよ」

トルタスさんはそれだけ言うと、居眠りをしている門番のほうへ歩いて行った。

そして一言二言、門番と会話をしてから戻ってくる。

「今から門を開けてもらいます。それと、憲兵に野盗の引き取りに来てもらえるよう伝えました」

「ありがとうございます」

「いえいえ、こちらこそありがとうございました。貴方様が助けてくれなければワシらは今頃……」

俺がお礼を言うと、トルタスさんの視線が、馬車の中でウリドラと遊んでいる自分の娘と、それを見守っている妻に向く。

「タクミ様、今夜の宿の手配はワシがしておきます。まだ小さい街なので宿と呼べるものは二軒くらいしかないのですが」

「本当ですか？　なんせ俺はずっと森の中で暮らしていて、そういうことが全くわからなくて」

「ははは、お安い御用です。それと明日にでも、新しくこの街で開くワシの店に来ていただけますでしょうか？」

「ほう？」

「そのときに今回助けていただいたお礼と、ここまでの護衛の報酬をお支払いしたいのです」

「そういえば護衛の依頼でしたね。すっかり忘れてました」

トルタスさんに言われて、ここまでついてきた理由を思い出す。

結局護衛の仕事は何もしていないのだ。

ただ単に街まで馬車に乗せてもらっただけなので、むしろこちらが足代を出さなければならないくらいだ。

ぎぎぎぎぃ。

俺たちの前で門が、大きな音を立てて開く。

夕暮れの中、門の向こうに見える街並みには、既に明かりが灯り始めていた。

野党を引き取りに来てくれた憲兵隊と、襲われたトルタス一家、そして護衛の二人が話をしている間、俺たち三人は事情聴取の順番待ちをしていた。

「本当に街に着いたんだな」

異世界にやってきて初めての街に、俺の心は躍っていた。

これから始めるスローライフのために、この街は大事な場所となるだろう。

「どんな街なんだろう」

「私も王都以外の街は初めてなので楽しみです」

「あらあら、うふふ。あまりはしゃいで正体を知られないようにしてくださいね」

俺の言葉にエレーナとエリネスさんが反応する。

「ぴぎゅう！」

新しい世界、新しい生活。

既に大変なことに巻き込まれている気もするけど。

「それでも生まれ変わらせてくれて、俺は感謝しているよ」

そう心の中でつぶやきながら空を見上げる。

そこには見たこともないほど綺麗な星空が広がっていた。

きっとこの世界にも、俺が知らないだけで、多くの星座や神話があるのだろう。

星に願いを、なんて柄にもないけど。

この先の俺たちの旅が平穏に終わりますように、と。

◆　◆　◆

「あの女たちで間違いないな」

「はい。母親のほうは光魔法で偽装しているようですが、娘は指令書に書かれている姿と同じです」

星空を見上げている三人の姿を、いくつもの鋭い目が見つめていた。

「あの男は指令書にはいなかったな」

「二人の手助けをした現地民でしょうか」

リーダーらしき男は指令書にない男――拓海の姿をよく見ようと目を細める。

「あの男に魔物が倒されたとは思えんな」

「やはり、あの召喚術士がミスをしたのでしょう」

平々凡々な若者でしかない拓海の姿を見て、その真の実力を見破ることができる者はそこには存在しなかった。

「さて、ターゲットの確認は済んだ。一旦アジトへ戻るぞ」

リーダーの男がそう口にすると、辺りに潜んでいた気配が消え去り、続いてリーダーもその場から姿を消す。

後に残されたのは月明かりに照らされた街並みと、賑やかな街の活気だけだった。

異世界ゆるり紀行
子育てしながら冒険者します
1~15
水無月静琉
Minazuki Shizuru
シリーズ累計
110万部(電子含む)突破!!
2024年7月
TVアニメ
放送開始!!
(テレ東・BSテレ東ほか)
1~15巻
好評発売中!
コミックス
1~8巻
好評発売中!
子連れ冒険者の
のんびりファンタジー!
神様のミスで命を落とし、転生した茅野巧。様々なスキルを授かり異世界に送られると、そこは魔物が蠢く森の中だった。タクミはその森で双子と思しき幼い男女の子供を発見し、アレン、エレナと名づけて保護する。アレンとエレナの成長を見守りながらの、のんびり冒険者生活がスタートする!
◉各定価:1320円(10%税込) ◉Illustration:やまかわ
◉漫画:みずなともみ B6判 ◉各定価:748円(10%税込)

異世界へと召喚された平凡な高校生、深澄真。彼は女神に「顔が不細工」と罵られ、問答無用で最果ての荒野に飛ばされてしまう。人の温もりを求めて彷徨う真だが、仲間になった美女達は、元竜と元蜘蛛!?　とことん不運、されどチートな真の異世界珍道中が始まった!

2期までに
原作シリーズもチェック!

●各定価：1320円(10%税込)
●illustration：マツモトミツアキ
1~19巻好評発売中!!

漫画：木野コトラ
●各定価：748円(10%税込)●B6判
コミックス1~13巻好評発売中!!

気が付くと異世界の森の中に獣として転生していた元社畜の日本人男性。「可愛いもふもふに生まれ変わったからには!」と人間を探した彼は、無事、騎士のウィオラスに拾われ、アルルジェントという名前をつけてもらった。そうしてルジェと呼ばれるようになった彼は、自分が狐であることを知る。改めて、ウィオラスの「飼い狐」としてぐーたら愛玩生活を送ろうと、愛嬌を振りまくルジェだったが、徐々にチートな力を持っていることが判明していく。そのせいで、本人はみんなに可愛がってもらいたいだけなのに、ルジェの力を欲しているらしい人たちに次々と狙われてしまい——!?　自称「可愛い飼い狐」のちっとも心休まらないペット生活スタート!

●定価:1320円(10%税込)　●ISBN:978-4-434-33603-4　●Illustration:こよいみつき

聖女召喚に巻き込まれてしまったお人好しな一般人、マミ。偽物の聖女と疑われ、元の世界に帰る方法もない。せめて生活のために職が欲しいと叫んだ彼女に押し付けられた仕事は、ボロボロの孤児院の管理だった。孤児院で暮らすやせ細った幼い獣人達を見て、マミは彼らを守り育てていこうと決意する。イケメン護衛騎士と同居したり、突然回復属性の魔法を覚醒させたりと、様々なハプニングに見舞われながらも、マミは子ども達と心を通わせていき——もふもふで可愛いちびっこ獣人達と送る、異世界ほっこりスローライフ!

●定価:1320円(10%税込)　●ISBN:978-4-434-33597-6　●Illustration:緋いろ

この作品に対する皆様のご意見・ご感想をお待ちしております。

おハガキ・お手紙は以下の宛先にお送りください。

【宛先】

〒150-6019 東京都渋谷区恵比寿 4-20-3 恵比寿ｶﾞｰﾃﾞﾝﾌﾟﾚｲｽﾀﾜｰ 19F
（株）アルファポリス　書籍感想係

メールフォームでのご意見・ご感想は右のＱＲコードから、
あるいは以下のワードで検索をかけてください。

ご感想はこちらから

本書はWeb サイト「アルファポリス」（https://www.alphapolis.co.jp/）に投稿されたものを、改題、改稿、加筆のうえ、書籍化したものです。

異世界ソロ暮らし
田舎の家ごと山奥に転生したので、自由気ままなスローライフ始めました。

長尾 隆生

2024年 3月 31日初版発行

編集－和多萌子・宮坂剛
編集長－太田鉄平
発行者－梶本雄介
発行所－株式会社アルファポリス
〒150-6019 東京都渋谷区恵比寿4-20-3 恵比寿ｶﾞｰﾃﾞﾝﾌﾟﾚｲｽﾀﾜｰ19F
TEL 03-6277-1601（営業）　03-6277-1602（編集）
URL https://www.alphapolis.co.jp/
発売元－株式会社星雲社（共同出版社・流通責任出版社）
〒112-0005東京都文京区水道1-3-30
TEL 03-3868-3275
装丁・本文イラスト－このいけ/konoike
装丁デザイン－AFTERGLOW
印刷－中央精版印刷株式会社

価格はカバーに表示されてあります。

落丁乱丁の場合はアルファポリスまでご連絡ください。

送料は小社負担でお取り替えします。


ISBN978-4-434-33596-9 C0093